EL RETORNO DE LOS BÁRBAROS

Re Marie Tapia R.

I.S.B.N. 9789962008248
Portada: Manuel López
Fotografía: Plinio Rangel

Copyright © 2010:

INTRODUCCIÓN

«Isabel de la Fuente temblaba como una hoja, a doce pasos de allí, frente a un hombre armado y con pasamontañas sobre el rostro, en actitud de impedirle cualquier movimiento. Contra ella no había orden de arresto, le comunicaron, antes de marcharse, mientras en su llanto solo atinaba a decir:

—Llegaron, llegaron, son ellos, los bárbaros.»

Fragmento final de la novela «Agenda para el desastre», Rose Marie Tapia

CAPÍTULO 1

Isabel de la Fuente trata de avanzar hacia el otro extremo de la habitación en busca de un teléfono, pero sus pasos son vacilantes; un súbito desfallecimiento le anuncia que va a derrumbarse si continúa de pie, por lo que extiende una de sus manos y busca apoyo en la pared más cercana, logrando deslizarse poco a poco sobre el piso hasta quedar en posición fetal. Una fuerte opresión en la garganta le impide gritar solicitando ayuda, como hubiera sido su deseo; en cambio, una luz intensa comienza a emanar desde el interior de su cabeza, como la luz de un proyector que le presenta imágenes de horror que la hacen gemir de pavor, mientras un sudor frío le cubre el rostro y baja por su cuello. Como una reacción defensiva de su organismo sobreviene la pérdida de la conciencia.

Cuando recobra el conocimiento, ignora cuánto tiempo ha estado tirada allí, pero ahora sus sentidos están más sosegados y, aunque su cuerpo pareciera hecho de papel y la sensación de paranoia aún no se desvanece, sus pensamientos comienzan a agitarse en busca de salida. Entonces se le ocurre un nombre: Sara Ortiz. Con un marcado esfuerzo se pone de pie y busca en su cartera su celular; está segura de haber anotado el número alguna vez, por si acaso; en efecto, allí está, abreviado: «Sara O». Lo marca y un par de timbres después reconoce la voz que le contesta de manera grave, es ella.

—Señora Sara, usted no me conoce, pero creo que es la persona con la que debo hablar en este momento terrible.

La mujer desde el otro lado de la línea se nota a la defensiva, desconfiada ante aquella voz temblorosa que parece afrontar una crisis tremenda; por eso intenta calmarse, aparentar una serenidad que no tiene:

—Me llamo Isabel de la Fuente, soy amiga del presidente Rufino De León Bustamante…

Su interlocutora no emite comentario alguno; al contrario, le cierra la comunicación. Es posible que haya apagado el teléfono, es hasta lógico que actúe así ante el acoso de una intrusa que, encima de todo, le habla de un tema desagradable. Pero no puede retroceder, y vuelve a marcar el número. Esta vez no recibe cortesías de ningún tipo, sino una advertencia firme: le dice que no desea saber nada que concierna a «ese miserable». Es obvio que va a volver a cerrarle la llamada, por eso Isabel interrumpe con energía.

—¡No es sobre él! ¡Es sobre la democracia por la que usted expuso su vida varias veces!

Hay palabras que en ciertas personas tienen un efecto particular. Isabel descubrió una que para Sara Ortiz tenía sumo valor, y enseguida aprovechó la pausa obtenida para exponer el motivo de su llamada.

—El presidente acaba de ser arrestado; todo me indica que esto es un golpe de Estado…

Desde el otro lado, Sara Ortiz era todo oídos. Su inicial desconfianza y enojo se convirtieron en auténtico interés, pero insistió en comprobar la confiabilidad de su desconocida confidente. Isabel de la Fuente, ahora con un tono más sosegado, procura ganarse la fe de la exmandataria.

—En estos momentos no confío en nadie, ¡en nadie! Si la he llamado a usted es por su trayectoria de mujer honesta y justa. Sí, claro, ya le dije, Rufino y yo somos amigos; yo estaba con él en el momento en que se lo llevaron detenido, fue hace pocos minutos. Señora, escúcheme, yo creo que no debemos seguir hablando de este tema por teléfono. Sí, yo voy donde usted diga. Claro, ese lugar me parece bien; en media hora estoy allí.

Sara Ortiz la citó a una de las cafeterías del hotel El Panamá. Era un lugar público, con clientes a toda hora, donde podrían hablar sin levantar sospechas. Aunque no se sentía repuesta del todo, Isabel respiró hondo para darse energías, alisó la falda de su vestido, pasó un cepillo por su abundante cabellera y salió del lugar, no sin cierto temor. Se imaginó que podrían estar vigilando sus pasos y hasta sospechó de todos los conductores y transeúntes que a esa hora fue encontrando por el camino.

Mientras conducía, Isabel intentaba comprender la razón de aquella acción policial, la cual le resultaba absurda. ¿Se trataría de la amenaza que ella misma no logró descifrar en el Tarot del presidente? Sin embargo, en los tiempos actuales, nadie en Panamá imaginaría la posibilidad de que se vulnerara la Constitución. ¡Pero lo hicieron! Ella había sido testigo del arresto de Rufino De León Bustamante. Y todavía retumbaban en sus oídos las palabras del hombre de uniforme cuando Rufino les dijo que ellos no tenían ninguna autoridad: «Bajo su régimen no, señor, pero las reglas del juego han cambiado; hay un gobierno nuevo que se encargará de conducir al país por mejores senderos».

«¿Mejores senderos? Esa es la típica excusa de los bárbaros cuando asaltan el poder», pensó Isabel, mientras ingresaba a los estacionamientos del hotel El Panamá. Se había tardado quizás unos veinte minutos, porque encontró poco tráfico y, además, porque ella vivía cerca de allí; pero contrario a lo que suponía, ya Sara la esperaba en el lugar, impaciente, acompañada de un hombre que enseguida identificó como el candidato Antonio Pascal, rival de Rufino, y de una mujer desconocida.

—Gracias, señora Sara, por confiar en mí y permitirme esta reunión.

—Creo que soy yo la que debe agradecerte, Isabel. Me he permitido venir con Antonio, que ya debes conocerlo, y con Carmen, mi mejor amiga.

De inmediato recordó a la mujer; por supuesto, fue ella quien recibió un tiro cuando Sara Ortiz, siendo diputada, sufrió el primer atentado. Mientras se acomodaban en la mesa que habían escogido, bien al fondo y con la pared a sus espaldas, como sugirió Pascal, Isabel pensó en el privilegio que representaba el sentarse con personas que estaban escribiendo el presente y, probablemente, el futuro del país. Ella sentía una genuina admiración por Sara, a quien consideraba de la misma manera que la gran mayoría del pueblo: una auténtica guerrera, incorruptible, humilde, pese al poder que ostentó en su momento. Su belleza no parecía disminuir, pese a que ahora la veía cerca, sin los retoques que el maquillaje y las luces les dan a las figuras públicas. Todo en su personalidad contribuía a incrementar la confianza que depositó en ella cuando se sintió acorralada por los sucesos que involucraban a Rufino. Su lenguaje corporal era una efectiva herramienta que motivaba a creer en ella, a confiar en sus palabras, aunque se tratara simplemente de sugerir lo que debían pedir a la mesera que se les acercó, solícita.

—Tráiganos pastel de manzana y té de manzanilla, para todos. Ah, y agua.

A medida que se hacía a la idea de estar junto a estas personas que poco antes le hubieran resultado extrañas,

Isabel percibió que tenía afinidades con Sara Ortiz. Una sensación extraña la envolvió en instantes, era como si la conociera de toda la vida, pero no era sino hasta ese momento que se sentaba cerca de ella. Claro, su admiración hacia la expresidenta era innegable y en ocasiones discutió con Rufino, pues ella la defendía cuando este la atacaba, algo que causaba disgustos entre ambos. Él no soportaba disidentes a su alrededor, y procuraba contagiarle su enemistad por quien tanto daño le había ocasionado, pero nunca lo consiguió.

Antonio Pascal recibió una llamada en su celular y ofreció excusas al contestarla. Luego de unas frases breves, cerró la comunicación y les explicó que era su esposa para decirle que ya estaban abordando el avión con destino a Chile. Les explicó que, al igual que lo hacía cuando la situación política se agravaba, él sacaba del país a Melissa, su esposa, y a su pequeño hijo. El recuerdo del secuestro de su hijo no lo abandonaba, pues todavía no superaba ese suceso tan terrible. Ellos eran su parte vulnerable, por esa razón, los tenía que poner a salvo.

Isabel se dio cuenta de que ellos estaban enterados ya del asunto, y quizás de algo más que ella desconocía.

—Si usted está sacando a su familia del país es porque...

—Correcto, desde ayer por la mañana han estado circulando rumores fuertes sobre la detención del presidente. Ya Sara y yo lo habíamos comentado, pero luego tú nos das la información de primera mano —la aclaración de Pascal fue dicha a media voz, procurando que sus palabras no salieran más allá de la mesa en que se encontraban.

—Entonces, ¿qué es lo que hay que hacer?

—Tranquila, Isabel —ahora era Sara la que le ponía una mano sobre el hombro para darle fortaleza—. Si en verdad se trata de un golpe de Estado, tendremos que movilizarnos para combatir semejante exabrupto, pero lo primero que debemos hacer es identificar quiénes están detrás de esto. Ahora, cabe la posibilidad de que el hombre haya sido sorprendido en algo grande, que amerite una acción legal por parte de la Asamblea nacional. Aunque los medios oficiales han negado estos rumores.

—Señor, fueron policías los que se lo llevaron —Isabel también trató de hablar en voz baja.

—Los policías son parte de la acción, pero hay una autoridad sobre ellos; quizás cumplían órdenes —señaló Pascal—. Pero no creo que sean los autores. Hay otra gente moviéndose en las sombras, tratando de distraernos.

Sara Ortiz intervino en la conversación para pedirle que repitiera ante Antonio y Carmen lo que había comenzado a referirle por teléfono. Isabel intentó hacerlo, pero ante los primeros recuerdos las lágrimas inundaron sus ojos y la voz se le anudó en la garganta.

Antonio se sintió incómodo y le pidió que pasaran a la suite que su partido tenía acondicionada en el hotel para reuniones. Se puso de pie, fue hasta la caja, canceló la cuenta y con un leve movimiento de cabeza pidió a sus compañeras que lo siguieran.

Ya en la habitación, Antonio declaró estar confundido por la manera en que se estaban desarrollando los hechos. Sus informantes aún no tenían noticias de qué estaba pasando en la presidencia, y los medios de comunicación no se ocupaban mucho del tema. Isabel contó su versión de los hechos, agregando que tenía indicios de que en todos esos hechos existía contubernio entre el

12

ex jefe de la Policía, el comisionado Fernando Moreno, y un misterioso asesor internacional de Rufino, quien además era su compañero de logia.

—¿Logia? —preguntó Antonio, con curiosidad.

—No me digas que no lo sabías —intervino Carmen, quien había seguido toda la conversación en silencio.

—Ese tipo de comentarios no merece mi atención, son supercherías a las que nunca les di importancia —respondió Pascal.

—Eso no es lo importante, no perdamos el tiempo. La situación es grave y esa gente debe tener algo entre manos cuando se han atrevido a darle un golpe a El Cuervo —señaló Sara.

Isabel se incomodó con las palabras de Sara y esta lo advirtió.

—Perdona, Isabel, sé que es tu amigo, pero aquí, entre nosotros, cuando hablamos de Rufino, lo llamamos así, es lo que se merece.

—Tenemos que ir a los medios de comunicación a realizar las denuncias sobre lo que está pasando —advirtió Antonio.

—¿Con qué pruebas? Solo tenemos la declaración de Isabel, la que ellos podrían descalificar —dijo Sara, mientras miraba la ciudad a través de la ventana.

—A lo mejor ya lo saben —dijo Carmen mientras se acercaba al televisor para encenderlo.

Los programas eran los normales de esa hora en todos los canales. Por precaución, decidió dejar el monitor encendido.

—Viéndolo bien —afirmó Sara, otra vez, la sola declaración de Isabel ya debe ser motivo de una denuncia. Ella estaba allí cuando secuestraron a El Cuervo, presenció los hechos, sabe quiénes lo hicieron. Si dejamos pasar el tiempo, podría decirse que fue una banda de delincuentes que se vistieron como policías y hasta podrían matarlo.

—Estoy de acuerdo contigo —Antonio Pascal se rascaba la cabeza mientras hablaba —. Sea como sea, hay un hecho importante para la nación, lo que no logro entender cuál es el papel que ha jugado la seguridad del Estado en todo esto.

Sus palabras fueron interrumpidas por una exclamación de Carmen: en el televisor comenzaba a aparecer un cintillo en el que se anunciaba que en pocos instantes el canal entraría en una cadena nacional de radio y televisión para una información «de última hora».

—¿Será de eso de lo que van a hablar? —preguntó Carmen.

—En estos momentos no puede ser de otra cosa —aclaró Sara.

En efecto, casi de inmediato la programación regular fue suspendida. En la pantalla del televisor, con semblante sombrío y el ceño fruncido, el secretario de prensa de la presidencia anunciaba.

—Hoy a las cuatro de la tarde, la Asamblea Nacional recibió formalmente la renuncia irrevocable del excelentísimo señor presidente, Rufino De León Bustamante. En su misiva, el hasta ahora presidente de la República, aduce graves motivos de salud. Se informa a la faz del país que, en acatamiento al orden constitucional, el cargo va a ser desempeñado desde este momento y hasta que venza el actual período, por el señor vicepresidente, quien está arribando al aeropuerto de Tocumen; otras implicaciones constitucionales están en estudio y se avisará oportunamente del resultado...»

Luego seguía informando sobre otros hechos conexos que tenían que ver con la paz y la tranquilidad del país, el clima propicio a las inversiones, la seguridad pública de una frontera a la otra, el combate al narcotráfico, el imperio de las leyes, y la sagrada letra de la Constitución.

Isabel, fuera de sí, estuvo a punto de estrellar un vaso contra el televisor.

—¡Desgraciados, mentirosos, ellos se lo llevaron detenido, contra su voluntad!

Antonio pidió calma; había que intentar obtener una versión del propio Rufino, y del vicepresidente, de quien se conocía bien su enemistad con el mandatario. Pero Isabel no atendía razones y siguió gritando, a medida que daba grandes pasos por la habitación.

—¡Ese tal por cual del vicepresidente no va a dirigir nada! ¡Son ellos, los bárbaros, quienes gobernarán! Y con esos demonios en el poder, la oscuridad se cernirá sobre nuestro país.

CAPÍTULO 2

Rufino De León Bustamante fue conducido por fuerzas del SPI hasta sus instalaciones en Corozal. Todos los oficiales parecían seguir órdenes del ex comisionado Fernando Moreno, en desconocimiento de las órdenes de sus superiores legítimos, quienes permanecían detenidos y custodiados en ese mismo cuartel. A los pocos minutos del hecho, Moreno se apersonó a las oficinas de la Policía Nacional, vestido con uniforme y arreos de combate, seguido de cerca por varios carros llenos de soldados fuertemente armados, la mayoría de los cuales habían sido dados de baja o jubilados por la administración de Rufino De León Bustamante por severas faltas disciplinarias o delitos cometidos en el ejercicio del cargo.

En la puerta del cuartel se produjo una ligera escaramuza que no llegó a más porque, desde adentro del cuartel, los centinelas recibieron órdenes superiores de no enfrentarse a sus camaradas.

En efecto, Moreno ingresó a las instalaciones en medio de una fila de guardias confundidos por las órdenes y contraórdenes que estaban recibiendo, pero también animados por el cauce que estaban tomando los acontecimientos, lo que les prometía acceder al poder y, tal vez, a una tajada proporcional de la administración pública. No eran pocos, especialmente los de mayor antigüedad, los que recordaban los veintiún años de dictadura, en los que la bota militar era la que determinaba las normas en el país, y los otros veintitantos años en que ellos habían sido relegados de toda decisión pública, con grandes compromisos ante la seguridad del país, pero con nulas o pocas seguridades o ventajas para ellos. Tal vez era la hora de reivindicarse, y Fernando Moreno les estaba prometiendo la revancha.

La licenciada Amelia Díaz, actual directora de la Policía Nacional, lo recibió de pie, con una escolta de apenas dos uniformados y su fiel secretaria. Moreno, en cambio, se hizo acompañar de cinco hombres armados de fusiles, con la cara cubierta, quienes en segundos tomaron posiciones en el despacho. La licenciada Díaz solicitó a la secretaria que saliera del lugar mientras ella escuchaba lo que le tenían que decir «estos señores».

—Licenciada, creo que usted entiende su posición. Usted forma parte del personal de confianza del expresidente y debe renunciar, igual que lo ha hecho él. Su puesto será ocupado por un oficial de carrera, mucho más idóneo que usted para este cargo.

Los dos escoltas de Amelia Díaz hicieron un movimiento que a los hombres de Moreno no les pareció adecuado, por lo que de inmediato los encañonaron con sus fusiles, los tiraron al suelo y los desarmaron. Uno de ellos se encargó de sacarlos del lugar.

—Licenciada, es probable que cada uno de los policías de este cuartel haya estado bajo mis órdenes, alguna vez, por lo que sería funesto ordenar que les pusieran una bala en la cabeza; la responsabilizo a usted si eso llegara a ocurrir.

—Cálmese, señor Moreno. Usted es el que está propiciando hechos sangrientos no solo en esta institución, sino en el país. Es obvio que el comunicado aparecido en la televisión es una farsa detrás de la que se están cobijando quienes siempre han ansiado el regreso a otras épocas ya superadas. Usted y sus hombres están pisoteando la Constitución. Estoy segura de que el presidente no tolerará este tipo de abuso.

—Expresidente, señora, como bien oyó en la televisión. A Rufino De León Bustamante lo alcanzó el largo brazo de la justicia, pero como buen cobarde prefirió renunciar antes de enfrentarse a ella. Es mejor que no se resista y así, como usted debe suponer, se evitarán muchas muertes.

—Usted no representa a nadie ni a nada, ahora tiene el mando por las armas, pero le aseguro que personalmente me encargaré de refundirlo en la cárcel por todos los graves delitos que está cometiendo.

—Ya hemos hablado demasiado. Por favor, le ruego que acompañe al mayor Prieto, quien la escoltará hasta su automóvil. Si obedece las órdenes que le estamos dando, permanecerá en su domicilio, bajo custodia de nuestros hombres, hasta que la situación se normalice. Si no...

—¿¡Si no qué, desgraciado!? ¿Me matarán?

—Le aseguro, licenciada, que ese no es mi propósito, pero usted sabe que en ciertas circunstancias pasan cosas...

Amelia Díaz, pese a la rabia que sentía, estaba consciente de que no valía la pena provocar a semejante monstruo. Era mejor considerar esa batalla perdida y regresar después con posibilidades de ganar y de aplicar la justicia.

En cuanto, Amelia Díaz dejó las instalaciones de la Policía Nacional, Fernando Moreno colocó al frente de la entidad a dos de los más altos oficiales, compañeros suyos de promoción. Les dio instrucciones para que iniciaran de inmediato una serie de operativos «de profilaxis» en todo el país, poniendo en la cárcel a cuanto sospechoso hubiera en las calles. Les ordenó que, con especial énfasis, se dirigieran a los barrios más conflictivos, donde debían desarmar o «neutralizar» a pandilleros y vendedores de drogas, todo lo que fuera necesario para tener distraídos a los periodistas y contenta a la ciudadanía que cotidianamente se quejaba por el acecho del hampa, y por los crímenes cometidos a toda hora.

—Por la mañana quiero ver en los principales noticieros los cadáveres de unos cuantos homicidas o asaltantes reconocidos, de esos que siempre andan armados y no se entregan a los policías fácilmente, usted sabe dónde encontrarlos. Antes no se les podía tocar porque enseguida saltaban los abogados, pero no, en esta ocasión meta a la cárcel a los abogados que aparezcan a defenderlos. Digamos a la ciudadanía que ahora sí hay orden en este país.

Las instrucciones se cumplieron de inmediato, con lo cual las calles de la ciudad se vieron llenas de policías, con sus vehículos atiborrados de maleantes o de simples ciudadanos, a quienes les tocó estar en el lugar equivocado, a la hora errada.

Tan pronto dio esas órdenes, Moreno le ordenó al oficial en turno que le trajeran al expresidente a su despacho. Cuando lo tuvo frente a sí, lo miró con desprecio, como esperando alguna súplica, alguna queja, alguna palabra que significara misericordia para él.

Realmente no existen enemigos pequeños. Nunca imaginé que Fernando Moreno representara un peligro para mí. El tipo es un exmilitar de pacotilla, un idiota sin personalidad. ¿Quién estará detrás de él? Me intriga saber cómo se las va a arreglar para justificar este maldito golpe de Estado. ¿Y Jan? ¿Qué pito toca ese hijueputa en toda esta patraña? Ese sí es un tipo peligroso. Por suerte no se llevaron a Isabel, después de Florita es a la única persona a la que he amado. Solo dos veces en mi vida he levantado la mirada hacia Dios y le he implorado su misericordia: cuando Florita estuvo grave y cuando temí que estos malditos apresaran a Isabel. En el momento que la vi en peligro, le pedí a Dios que no le pasara nada. No sé si mis súplicas sirvan de algo, pero no soportaría ver a Isabel sufrir por mi culpa. Ella también me ama. Todavía me pregunto cómo una mujer tan bella y bondadosa pueda experimentar ese sentimiento por mí. Será la ley de la compensación. Isa, tu recuerdo me ayudará a superar esta prueba.

—Comprendo su silencio, señor expresidente.

—¡Soy el presidente de la República! ¡No lo olvides! ¡Lo que se está cometiendo conmigo es una ilegalidad! ¡Un atropello contra la Constitución!

—Atropello es lo que usted cometió durante su gestión. Y si no quiere que le diga expresidente, entonces déjeme llamarlo «Cuervo», como le dice el pueblo, como lo reconoce la gente, y usted sabe que no es por algo bueno que se refieren a usted con ese apodo, ¿o debo recordárselo?

—A ti, Fernando Moreno, es a quien hay que recordar que serás encausado pronto por una serie de delitos contra la democracia, contra el orden constitucional, tantos que no vivirás lo suficiente como para saldar tu deuda con la nación.

—Dejémonos de discursos, Cuervo. Lo que deseo es ponerlo en conocimiento de que en estos momentos su vicepresidente ya ha tomado posesión del cargo que usted ostentaba, y que el país sabe de su renuncia por motivos de enfermedad.

—¡Al mandato popular no se renuncia! Deberás matarme si no quieres que desmienta en público esta farsa.

—Ganas, no me faltan, pero no estamos para hacer mártires. A cambio de esa firma que ya hemos adelantado, le ofrezco magníficas prebendas, mejores que las de esa ridícula administración presidencial que encabezaba usted en los últimos años. Le conviene, hay un consulado en Europa que ha pertenecido a una misma familia de oligarcas durante años, usted sabe a lo que me refiero, pues tampoco se atrevió a quitarles esos fabulosos ingresos, pero ahora podría estar allí, con solo mostrarse cooperador. Me entiende, ¿verdad?

—Entiendo que estoy ante una partida de cobardes y traidores; tú, Moreno, al igual que ese vicepresidente traidor, deberán pagar por esta artimaña en mi contra. Razón tenía yo al mantener lejos del país a ese pelafustán.

—Usted decide, Cuervo. Por ahora, estos pelafustanes, traidores y cobardes son los que tienen la sartén por el mango, mientras usted se fríe en su interior.

Fernando Moreno se instaló en el despacho de la licenciada Amelia Díaz y desde ese lugar impartía sus órdenes. Jan, sentado a su lado, se preocupaba por la manera en que justificarían el golpe de Estado.

—¿De qué golpe hablas?

—Del que acabamos de dar.

—¿Acabamos? Eso me suena a comparsa. Aquí no hay golpe de Estado; esto es un reacomodo basado en el orden constitucional.

—Es cuestión de cómo se ven las cosas, pero es un momento histórico para todos, y nos necesitas.

—¿Necesitar yo? ¿A ti?

—No precisamente a mí, pero recuerda que represento a los que promueven un nuevo orden mundial. Somos una minoría escogida, por los tiempos que vivimos, elegida por la historia misma. No hay nada que no podamos lograr si nos lo proponemos, y tú estás en camino de necesitarnos, y mucho.

—No me vengas con esa perorata. No creo en eso del nuevo orden mundial y del paraíso en la tierra. Soy un hombre práctico y lo único que me interesa es el porvenir de mi Patria que se estaba hundiendo en manos de El Cuervo.

—Fernando, déjame explicarte, vas a necesitar que…

—Nada. Tengo a mis antiguos compañeros de armas, gente que fue jubilada por temor de los gobernantes civiles, profesionales entrenados para ejercer sus funciones, a quienes se les negó la oportunidad de pensar y de actuar. Ellos están conmigo y eso sí me interesa. En eso nos parecemos mucho al vicepresidente, quien fue alejado del país para que no le resultara una molestia a El Cuervo; él tiene ahora la oportunidad de reivindicarse, gracias a nosotros.

Jan hizo silencio; solo se escuchaba la respiración agitada del jefe policial. Fernando Moreno era más inteligente de lo que aparentaba, pero incapaz de controlar su temperamento. Había subestimado sus capacidades, imaginando que era un gorila más y que lo podía entretener, dándole un banano. Sin embargo, había planeado el golpe, lo justificaba, y ahora quería deshacerse de él como si fuera basura. Pero no tenía idea de las fuerzas ocultas que estaba desafiando. «Será mejor dejar que siga tomándome por idiota. Esa será una ventaja cuando nos enfrentemos más adelante», pensó Jan.

En la habitación del hotel El Panamá reinaba el desconcierto; Antonio había dado algunas declaraciones en la televisión en las que exigía que el hecho se aclarara y que sacaran a la luz al propio presidente para que aclarara los rumores que corrían, pero se le informó que, precisamente, era por razones médicas que el mandatario renunciaba y permanecía ingresado en una clínica privada, sin posibilidad de atender a los medios.

A la mañana siguiente, en un acto discreto en el que no estuvo presente la prensa, el vicepresidente tomó posesión del cargo presidencial. El discurso del nuevo gobernante, transmitido por cadena nacional, fue aburrido e incoherente, y no convenció a nadie. Dijo que pretendía «adecentar» al país, y que garantizaba todas las libertades públicas, por lo que pedía a la población la mayor cordura. Sobre su antecesor, dijo que estaba recuperándose en una clínica privada, aunque quizás debería ser trasladado en las próximas horas a un centro hospitalario del extranjero, y finalizó pidiendo todo el apoyo ciudadano a la Fuerza Pública, cuyo comando unificado había asumido plenamente y puesto, por el momento, en manos de Fernando Moreno, por cuestiones de seguridad y para prevenir hechos de violencia.

Luego de la intervención, los canales pasaron a su programación regular, sin hacer alusión directa al hecho. Al parecer, sus reporteros no entendían lo que estaba pasando, y así era. Mientras tanto, en Corozal había sido levantada una cerca con postes de aluminio galvanizado y alambre ciclón rematado con hebras metálicas cortantes, las que en un momento dado podían ser electrificadas; media docena de perros de la unidad canina de la Policía Nacional reforzaban el cerco. Allí habían sido llevados varios de los más cercanos colaboradores de El Cuervo, mediante documentos judiciales expedidos de manera rápida, en los que se les implicaba en varios tipos de delitos graves que ameritaban la precaución de limitarlos en sus movimientos. Un funcionario de alto nivel de la presidencia justificó el hecho diciendo que era parte de las políticas de «adecentamiento» puestas en marcha, horas atrás, por el nuevo presidente en funciones.

Los líderes del Sindicato Único de Obreros Revolucionarios, SUDOR, si bien no eran amigos de El Cuervo, sí se pronunciaron en contra de las acciones gubernamentales, y prometieron mantenerse alertas en caso de que el país tomará por otros rumbos. En verdad, veían la oportunidad de declarar el colapso total del sistema democrático, y la oportunidad de oro para promover un sistema totalitario presidido por los líderes obreros y «las fuerzas vivas» del país.

Fernando Moreno estaba por entrar a su oficina cuando recibió una llamada en su celular: era el vicepresidente, ahora presidente en funciones. Fue parco en su saludo y era evidente que estaba de mal humor.

—Moreno, necesito que venga a mi oficina.

—Me lo puede decir por este medio, ahora no tengo tiempo para ir hasta allá.

—Un momento, un momento, Moreno; recuerde que está hablando con el presidente de la República y le exijo respeto.

—¡Ja! ¿Y cómo llegó usted allí? Por méritos no creo, y por el aprecio de Rufino De León, tampoco. A ver, ¿de quién es la mano que lo subió a esa silla? ¡Conteste!

—Por la Constitución, Moreno, por la Constitución y a ella me debo. Usted vendrá a mi despacho porque necesitamos ponernos de acuerdo en…

—Resulta, Excelentísimo, que en estos momentos estoy atendiendo situaciones delicadas, de gran importancia para el país también.

—¿Es que no sabe los rumores que circulan? ¿Cómo cree que me vería yo acudiendo a la Policía para entrevistarme con usted?

—Está bien, quizás más tarde pueda pasar por allá; ¿a qué hora me dijo que fuera?

—¡De inmediato!

—Entonces pasaré por allá como en dos o tres horas, ¿le parece?

El presidente no es tan idiota como había pensado. De ahora en adelante debo tener más cuidado. No puedo darme el lujo de equivocarme. Prefiero enfrentarme a El Cuervo, pues es un hombre brillante que desafía mi inteligencia y siempre me mantiene alerta. Pero cuando lo hago con estúpidos como este, jamás espero un destello de genialidad y eso que todas las personas lo tienen de vez en cuando. Todavía no he conocido un hombre más capaz que Rufino De León Bustamante. Siempre he odiado a ese cabrón, pero reconozco su capacidad. En cambio, este imbécil. Hablaré con Jan, para ver qué genialidad se le ocurre a él.

Mientras Fernando Moreno buscaba la manera de alivianar sus problemas, uno de sus escoltas le informó que por un canal de televisión hablaba un presentador de noticias solicitando públicamente entrevistarlo. Maldijo a todos los periodistas para sus adentros; él ya había evadido a los de la prensa escrita, pero con los canales de televisión no iba a ser tan fácil. Le convenía pasar inadvertido en esos momentos, pero los medios querían saber más y no podía seguir evitándolo, pues «el conocimiento es poder y aquellos que controlan la información pueden controlar a las masas». Dio instrucciones para que se le dijera al presentador que lo atendería a las nueve de la noche, pero que aguardara una llamada quince minutos antes, en la que se le indicaría dónde iba a dar la entrevista, que desde ya le aseguraba sería en una de las «áreas calientes» de la capital, en el marco del operativo policial que se iba a estar desarrollando. «Veamos si se atreve a meterse en esos tiroteos», pensó Moreno, sonreído.

Era obvio que necesitaba enfrentar al público y a su interés por los hechos que estaban ocurriendo, de otro modo se abonaría la desinformación generalizada y malintencionada. Volvió a pensar en Jan, siempre con una respuesta oportuna. Él tenía los contactos para abrirle camino hasta las televisoras, conseguir que las entrevistas se las hicieran periodistas «amigos», benevolentes, que no lo interrogaran sobre temas inoportunos. Hasta ahora ha corrido con suerte y en la calle no hay protestas, pero no sabe hasta cuándo será eso. Dos factores lo han estado beneficiando: uno, que nadie esperaba un golpe, pensando que era un asunto del pasado. El otro es que la mayoría del pueblo odiaba a De León Bustamante. Pero los medios podrían despertar la conciencia dormida de las masas, y eso sería terrible.

Jan recibió una llamada de Fernando Moreno; deseaba verlo en su oficina enseguida. Eso no era problema, él se había quedado por allí cerca, esperando que lo necesitaran, como en efecto sucedió. Una sonrisa malévola se dibujó en el rostro del illuminati. No se explicaba cómo un policía se atrevía a tratarlo así. «Verdaderamente, la ignorancia es audaz», pensó. Pocos minutos después estaba ante el jefe policial. Fernando caminaba de un lado a otro en el despacho, como una fiera herida. Su rostro reflejaba tanta rabia, que Jan decidió hablar con prudencia.

—Buenas tardes, jefe. ¿Cómo estás?

—Cabreado, ¿por qué razón tardaste tanto en presentarte?

—¿Qué yo tardé? ¡Pero si vine de inmediato!

—Está bien, está bien ¿Acaso no te has dado cuenta de que los medios han comenzado a alborotar el avispero?

—No te preocupes por eso.

—¡Claro que me preocupo! Si ellos se lo proponen, pueden acabar con nosotros.

—No lo creo así. Se ha exagerado el dominio que pueden ejercer los medios de comunicación, creyéndolos capaces de generar comportamientos irreflexivos en un pueblo, y no es cierto. Eso sería atribuirles una eficacia y poder que no tienen y a la vez pensar que el pueblo es tonto, o un rebaño de corderos. Llegar a esa conclusión es reducir a las personas a un estado de masa, incapaz de discernir y decidir libremente. Una cultura como la panameña, acostumbrada a los vaivenes políticos, pero con inclinación a la democracia, puede enfrentar cualquier avalancha de información sin que le afecte.

—¿Qué te pasa? ¿Y ese discurso a qué se debe? Solo falta que ahora te autoproclames líder de la democracia.

—Aunque no lo creas y a pesar de los hechos ocurridos recientemente, promovemos la democracia. Si esta se define como un sistema en donde los dirigentes son elegidos, actualmente la mayoría de los países podrían calificarse como democráticos. Pero si se define como un sistema de elecciones verdaderamente libres, la lista de países se reduciría a la mitad. Eso sí, estamos conscientes de que la democracia tiene un precio, no es gratuita, y a veces se paga con sangre.

Jan observó que al jefe de la Policía no le gustaba moverse en este terreno, y eso lo divertía. Cada vez que este perdía el control de sus emociones, Jan se alegraba. Era como ganarle una batalla. Moreno, a pesar de ser un hombre inteligente, no podía controlarse y en esto él le llevaba una gran ventaja.

—De todos modos, la palabra «democracia» suena tan falsa viniendo de tu boca.

—Quizás porque cada uno tiene en su mente un concepto distinto de ella, en especial los militares.

—Mira Jan, dejemos las cosas ahí; no te mandé a llamar para escuchar babosadas. Tenemos un grave problema y debemos resolverlo, ¡pero ya!

No le permitiré más irrespetos a este gorila. En verdad, algunos policías, aunque ahora sean más capaces y preparados, siguen siendo cavernícolas en asuntos de administración política. Todo lo quieren arreglar a las bravas. Este bueno para nada se envalentonó para capturar el poder y ahora se ha dado cuenta de que no tiene capacidad para ejercerlo, porque no sabe moverse entre la telaraña de las leyes. Por ahora a podio reventar algunas hebras, y lo seguirá haciendo un poco más; pero no mucho. Le demostraré cuánto me necesita.

—Fernando, no podemos seguir hablándonos de esta forma. Me respetas o vamos a confrontar serios problemas.

—¿Te sientes envalentonado? Aquí el que decide quién debe confrontar problemas soy yo y no un extranjero; este es mi país y tengo los hilos del poder en mis manos.

—Deberías ser más prudente. No te imaginas lo difícil que será para ti gobernar sin mi ayuda. Si debo salir de aquí se interpretará como una mala señal.

—¿Crees que eso me importa? ¿Acaso no te das cuenta de que, en vez de dejarte ir como si nada, puedo meterte a la cárcel?

—Sería por pocos días. La hermandad pondría en juego todo su poder para liberarme, y quedarías ofreciendo disculpas, no lo dudes.

Fernando reflexionó. Era cierto que, sin la ayuda de Jan, la tarea de gobernar sería más complicada. Por otra parte, el tipo ostentaba un poder que, aunque no comprendía del todo, sí intuía que tenía influencias globales y poderosas.

—Está bien, Jan, tienes razón, nada ganamos con discutir entre nosotros, que hemos sido aliados hasta aquí. Compréndeme, estoy estresado.

El otro sonrió, había ganado una batalla, pero debía cuidarse de ese individuo. Trataba de aprovecharse, pero si llegaba a la conclusión de que ya no lo necesitaba, intentaría deshacerse de él de la peor manera.

Con calma, Jan le propuso a Fernando que, en vez de confrontar a los medios, intentara ganárselos sutilmente. Le sugirió que invirtiera varios millones en publicidad a corto plazo. Había mucho que anunciar, que advertir o que promover. Siempre era posible atraer a los principales presentadores por medio de buenos contratos para ellos o para sus familiares más cercanos. Claro, encontraría algunos más difíciles que otros, pero él apostaba a que la mayoría caería en el juego.

—Fue en este país que aprendí la frase: «son pocas

las morales que aguantan un puñetazo preñado de dólares».

Tales sutilezas no eran del agrado de Fernando; él hubiera preferido cerrar medios, encarcelar a disidentes, reprimir a los que no estuviesen de acuerdo, pero era obvio que se requería un barniz de legalidad. A pesar de su interés por reafirmar de manera contundente quién mandaba en el país, y luego de casi una hora de discusión, aceptó el plan de Jan.

Tan pronto lo pusieron en marcha se comenzaron a ver los efectos; dos importantes medios de comunicación emprendieron una campaña de descrédito contra el expresidente, afirmando que su supuesta enfermedad era una estrategia para eludir a los tribunales. Varias glosas se encargaron de afirmar el rumor de que existía una auditoría sobre las partidas discrecionales del Ejecutivo que arrojaron evidencias concretas de enriquecimiento ilícito por parte de Rufino De León Bustamante y varios allegados suyos, los que ahora estaban detenidos.

Por otro lado, el jefe de la Policía contrató a un equipo de asesores de imagen quienes colaron en los medios varias informaciones en las que se hacía ver cuán acertado estuvo el presidente en poner la seguridad pública en sus manos de nuevo, debido a que en solo unos cuantos días se logró recapturar a un gran número de narcotraficantes y homicidas prófugos, se desmantelaron varios centros de ventas de drogas, se decomisaron decenas de toneladas de cocaína en las costas del país, se puso tras las rejas a connotados secuestradores y se obtuvo algo que ya parecía imposible: el cese de los tiroteos entre pandillas que tantos muertos y heridos estaban dejando. Es más, y eso se resaltó mucho durante una comparecencia de Moreno ante las cámaras, la cifra de muertes por accidentes de tránsito se estancó durante casi una semana, un hecho inédito en la historia reciente del país.

Mientras tanto, un séquito de funcionarios acudió a los programas de opinión matutinos en la televisión, argumentando sobre la evidencia de una serie de estadísticas, que el triunfo de la justicia sobre la criminalidad era un hecho inminente, y que la población estaba conforme, así lo expresaban las encuestas, con el cambio experimentado en los últimos días. «Ahora se puede salir a las calles sin temor», era la consigna.

No obstante, a pesar de todo, hubo medios que mantuvieron su escepticismo ante estas informaciones, y afirmaron que todo se debía a que las personas se metían temprano en sus casas por temor, o bien a que la vida nocturna del país se hallaba estancada por el mismo motivo, o simplemente porque algunos medios dejaron de reportar incidentes que antes eran el plato fuerte de los noticieros. Es más, sugirieron que el vicepresidente no estaba tomando las decisiones, y que en su lugar el que llevaba la voz cantante en el Ejecutivo era Fernando Moreno.

A una semana de la «renuncia» de Rufino De León Bustamante, y de su paralela desaparición, grupos universitarios se tomaron las calles aledañas al Campus, y grupos de obreros de SUDOR usaron las horas del almuerzo, y algunos casi la mitad de la jornada, para interrumpir el tráfico vehicular y repartir volantes en contra del «sistema capitalista corrupto» que tenía en vilo al país mediante una jugarreta de los policías comandados por Fernando Moreno, al que tildaban de «súbdito del imperialismo». Incluso, los partidos políticos opositores, que se mantuvieron al principio en la sombra, a la expectativa, comenzaron a publicar proclamas en las que se exigía una aclaración formal de los hechos que estaban ocurriendo en el país.

Entre los que más alzaron la voz estaba Sara Ortiz, expresidente, y Antonio Pascal, candidato opositor. Su propósito era el mismo: querían que se aclararan los rumores sobre un golpe de Estado, y exigían la comparecencia de Rufino De León Bustamante ante los medios de comunicación para que aclarara, él mismo, los pormenores de su renuncia.

Fernando Moreno mantuvo una actitud de poco me importa con la opinión pública; mientras más lo atacaban, más insistía en presentar ante los medios las estadísticas que mostraban los niveles de criminalidad del país, expuestos a través de gráficas de barras y flechas que iban siempre en ascenso, hasta un punto en el que comenzaban a caer, primero de manera oblicua, luego en forma casi vertical. Complacido, el jefe de la Fuerza Pública, con un auto lleno de detenidos a sus espaldas, casi siempre a altas horas de la madrugada, les respondía a los reporteros: «Mis discursos están en las cifras; véanlas y analícenlas; yo estoy trabajando, alejado de la politiquería. El presidente es el presidente y yo, un simple servidor de la nación que hago lo que la sociedad exige: dar seguridad».

En verdad, las encuestas, que al principio eran francamente contrarias a él, ahora parecían valorarlo, y en todas marcaba buenos índices de aceptación. Pero él, que consideraba la seguridad como un lema y un propósito de vida, no se sentía seguro. Desconfiaba de todos, en particular de Jan. Uno de sus amigos de Interpol le hizo llegar por correo electrónico una copia del dosier que le mantenía abierto en varios organismos de inteligencia europea. Encontró que el nombre que usaba en Panamá era distinto al que se le conocía fuera. No era Jan Spinola, sino Gian Spinola.

De esta manera supo que su camarada por conveniencia nació en una familia noble y rica de Génova. Su abuelo buscó fortuna en España y años después contrajo matrimonio con una descendiente del Marqués de Riscal. Cuando el padre de Gian cumplió la mayoría de edad, regresaron a Génova. Gian estudió en colegios y universidades jesuitas y comenzó a frecuentar las logias más respetadas del viejo continente. Tras alcanzar el grado treinta y tres de la francmasonería, se introdujo en los Illuminati, por medio de la logia de Montearlo.

Según el documento, encabezado por un sello de «Confidencial», Spinola fue iniciado por el Príncipe Vittorio de Monreale, jefe de «la orden de la espada», aristócrata italiano cuya familia estaba relacionada con los Spinola genoveses desde muchas décadas atrás. La orden del príncipe de Monreale tenía, a la vez, nexos con la logia Montearlo. Cuando Gian fue aceptado, una sucesión de escándalos afectaba a la masonería de su país, por lo que se buscaba reforzar cuadros y fortalecer la estructura mediante alianzas de oportunidad con organizaciones menos afectadas. Su propósito era mantener en alto los objetivos que, en la base, los hacían parecer simples organizaciones caritativas, silenciosas, pero necesarias; sin embargo, a medida que la estructura tomaba cuerpo más arriba, el fin no era otro que el de dominar todas las fuentes de poder en el mundo, en particular el político.

Moreno suspendió la lectura del documento para meditar un instante: «¿Quién lo diría? Con la cara de pendejo que tiene Gian, jamás me hubiera imaginado que integraba uno de esos organismos que, como en las películas, quieren apoderarse del mundo.», y una sonrisa de oreja a oreja le iluminó la cara.

Enseguida observó una referencia a pie de página, en la que se decía que Spinola fue investigado en España por la publicación de una serie de supuestas denuncias inscritas en el marco de un denominado proyecto Matriz, pero que no se le levantaron cargos por considerar que sus actividades no configuraban la figura de delito, aunque evidenciaban su interés por los temas «subterráneos», como el asesinato de Kennedy, los experimentos con pacientes terminales, la guerra de Irán, la presencia de extraterrestres, la vigilancia doméstica de los ciudadanos mediante chips colocados en electrodomésticos, etc. Cuando llegó a ese punto, Moreno puso el papel sobre la mesa con brusquedad.

—¡Esto es ciencia ficción! ¡Vulgar charlatanería!

Luego dobló las páginas y las guardó en la gaveta de su escritorio, verificando que estuviera cerrada con llave. Esta sí era una complicación que no se esperaba; no sería tan fácil deshacerse de Gian, pero sí podría usar esta información para tenerlo al margen. Él no iba a caer en la costumbre de otros presidentes que contratan a un astrólogo o a un brujo para que les digan cómo actuar. Trataría, eso sí, de aprovechar los supuestos contactos internacionales que tenía Gian, con el fin de evitar los problemas que ahora estaban creciendo en el país.

Luego de leído el informe, pudo comprender la actitud de desprecio que muchas veces vio en los ojos del extranjero. Sabía que lo consideraba un bárbaro, pero eso a él lo tenía sin cuidado. Lo importante era conservar el poder y beneficiarse de él.

Poco después, cuando Gian fue a visitarlo, Fernando Moreno le preguntó cómo había logrado Rufino entrar en la logia. Gian le respondió que para ser un illuminati se necesita ser un masón de alto grado, y Rufino ostentaba el grado 33. El gran jefe de la hermandad lo llamaba «El Cuervo» no por desprecio, sino por su espíritu combativo, aunque su nombre reptiliano era «Sasquatch».

—No me pongas esa cara de desconcierto; escucha y aprende: Odín, el dios escandinavo de las batallas, el antiguo Sabbaoth germano, es el gran héroe de la Edda, y uno de los creadores del hombre. La antigüedad romana lo consideraba idéntico a Hermes. El nombre Odín podría ser el mismo de Dios. También se le ha considerado como el Marte escandinavo, porque es el dios de las batallas, y adopta como hijos suyos a todos aquellos guerreros que mueren con las armas en la mano. Ah, y también se le conoce como «Dios de los cuervos», porque sobre sus hombros siempre se posan dos de estas aves, las que le susurran al oído todo lo nuevo que sucede. Uno de ellos se llama Hugin, que quiere decir «entendimiento», y el otro Munnin, que significa «memoria». No siempre están sobre los hombros del dios; Odín los suelta todos los días para que den la vuelta al mundo y regresen al anochecer. Así como para Odín no hay sorpresas, para Rufino no hay secretos ocultos, y esa es su mayor fortaleza.

Fernando Moreno hizo un ademán de impaciencia.

—Sí, qué Odín este, destituido y metido en la cárcel.

Sin embargo, Gian continuó.

—No menosprecies a los vencidos. Para que comprendas esto mejor, tienes que ubicarte en la tradición sumeria, un imperio que fue formado por extraterrestres que invadieron las montañas caucásicas. Los Anunnaki no eran otra cosa que invasores extraterrestres enviados al mundo subterráneo, donde manipularon genéticamente a los seres humanos creando una raza híbrida: huma-na-reptil.

—¡Víboras! ¿Y qué tiene que ver eso que me has contado con la hermandad?

—Allí está la génesis. Muchos piensan que los guerreros Annunakis de la antigua Sumeria siguen controlando la humanidad a través de las redes globales de las sociedades secretas conocidas. Entre esas estamos los iluninatis

Fernando tosió con evidente impaciencia; tomó un montón de notas que tenía sobre el escritorio y se puso a revisarlas, mientras silbaba. Gian entendió que no quería seguir escuchando sus relatos y se retiró.

CAPÍTULO 3

Rufino De León Bustamante se negaba a comer y solo tomaba agua. El jefe de la Policía fue a visitarlo a su celda y al entrar, lo encontró tendido en el suelo. Azotó la puerta con rabia y caminó haciendo sonar sus botas de fatiga, en cuyos costados el detenido pudo ver cómo relucían las iniciales «FM» grabadas a fuego y pintadas de rojo, que ya eran célebres entre la tropa. Alguna vez escuchó sobre estas extravagancias del militar, las que se apartaban de las normas del uniforme policial, pero no las creyó, como tampoco creyó en las ansias de poder que otros le reconocían.

Cuando el uniformado se detuvo frente a él, se incorporó con pesadez y le sostuvo la mirada, sin decir palabra. El policía percibió su enorme odio, y lo confrontó.

—No se atreva a desafiarme, he tratado de llevar esto por las buenas, pero puedo pasar a otro nivel más persuasivo, o definitivo si es menester. Ahora soy yo quien decide sobre su repugnante vida, Cuervo, ¿me entiende?

—Eres un mediocre de mierda, Moreno, y lo sabes bien —la voz de Rufino era débil, sin energías, pero sonaba decidida—. No vales más que lo que te costó marcar esas ridículas botas, quizás como un reflejo de duda, porque bien sabes que pronto vas a perderlas, al igual que ese uniforme. No te tengo miedo, no puedes dejarme en esta celda para toda la vida; a propósito, ¿cómo has lidiado con los recursos de habeas corpus que se han interpuesto?

—¿Recursos? No, no. Se equivoca, nadie lo echa de menos allá afuera. El pueblo está feliz de que El Cuervo haya volado de palacio; porque nadie duda de que escapó del país para no enfrentar la justicia.

—No te creo, Moreno. Este enredo en el que estás no aguanta mucho tiempo.

—Siga pensando así; es más, le hago un favor manteniéndolo aquí, porque en caso de que saliera por unos instantes a la calle, la gente sería capaz de lincharlo.

Moreno hablaba con una cínica sonrisa dibujada en el rostro, pero para sus adentros pensaba que se estaba agotando el tiempo para lograr una salida decente al embrollo en el que estaba metido.

—Le doy el día de hoy y de mañana para que recapacite, pero no más. He decidido mejorar la oferta del gobierno: se va para Europa como embajador, y le vamos a conceder un paquete de cargos claves en el país, para quien usted quiera colocar allí. Es una buena oferta, digna de un expresidente, y más de lo que pudiera aspirar alguien como El Cuervo. No quiero que se muera de hambre, pero si insiste en esta medida, deberé pasar a otro nivel en el procedimiento que le tengo reservado.

—Me sorprende que confieses que esto es un plan pensado con anticipación; es más, me sorprende que pienses, Moreno. ¿Y qué es?

—Le aseguro que no le conviene saberlo, al menos por ahora.

Fernando Moreno abandonó la celda de Rufino De León Bustamante sin más palabras, haciendo resonar sus botas otra vez; pensaba que la amenaza echaría pronto por tierra la actitud del presidente encarcelado.

Isabel salió temprano esa mañana. Desde que la amenaza de ser apresada se hizo evidente, elegía caminos distintos cada vez y en ocasiones hasta se alejaba de su destino, para luego retomar la ruta correcta. Estaba desesperada, debía ingeniárselas para ver a Rufino. Un subcomisionado del SPI estaba casado con una amiga suya, y a través de esta logró enterarse de dónde lo tenían detenido. Pero no era prudente hacer una denuncia pública del hecho, porque podrían sacarlo de allí y desaparecerlo. Procuró que el oficial la atendiese y así logró una dudosa promesa de que la llevarían hasta la celda del expresidente.

Por la noche, a eso de las once y media, una llamada a su celular le indicó que, si esa madrugada iba hasta Corozal, podría ver al «hombre». Le indicaron que fuera sola, que manejara hasta un centro comercial próximo a las instalaciones del SPI, que dejara su auto estacionado en el lugar y luego caminara hasta una parada de buses cercana. A las tres en punto, le aseguraron, un auto oficial la recogería en ese punto. Todas las indicaciones las cumplió con exactitud y con esa misma precisión la llevaron hasta la sede policial: a las tres y dieciséis minutos, un policía vestido de camuflaje la condujo hasta la celda de Rufino.

Lo vio tirado en una esquina de una celda que, en otros momentos, debió ser una oficina. Estaba en posición fetal. Al principio dudó de que se tratara de él, pero se acercó y le tocó un hombro. Al sentir el contacto, Rufino giró la cabeza y una exclamación escapó de su garganta.

—¡Isabel! ¿Qué haces aquí? ¿Cómo lograste entrar?

—Eso no importa. Vine a verte. Estaba angustiada.

—No quiero que estés aquí ni un minuto más. ¿Cómo es posible que te hayas arriesgado de esta manera?

—No sé qué hacer para ayudarte.

—Lo único que puedes hacer es irte. Allá afuera

pon las denuncias correspondientes, diles que Fernando Moreno es la cabeza detrás de esta ilegalidad, que sigo siendo el presidente de la República. Pero ahora vete, si Moreno se da cuenta de lo que has hecho te hará daño. No debe saber lo que significas para mí, tú eres mi talón de Aquiles. Vete, por favor, Isabel.

—Ok, pero estaré en contacto contigo.

—¿Cómo?

—El subcomisionado Taylor; él no está de acuerdo con lo que te han hecho. Si él se te acerca, escúchalo. Además, haré saber de esto a Sara Ortiz.

—¿A ella? ¿Estás loca? A esa mujer yo la detesto.

—Y es un error, ella es la única persona que me ha ayudado.

—¿Y eso? ¿Conoce nuestra relación?

—Sí, y aunque sea tu enemiga, está en desacuerdo con el golpe de Estado, porque ella sí sabe que fue un golpe, y dice que no apoyará este atentado contra la democracia.

—No sé, pero quiero que te marches y no te expongas más al peligro. Busca el apoyo de la gente, hasta de esa bruja.

—Aquí la única bruja soy yo —Isabel dijo esto secándose las lágrimas.

Rufino sonrió, no había dudas, él amaba a esa mujer y si por garantizar su seguridad tenía que hacer tratos con Sara, lo haría. Lo que sí no veía seguro era que ella los hiciera con él. Era la dama del «No hay trato».

Isabel salió rápidamente de las oficinas del SPI, acompañada en esta oportunidad por el propio subcomisionado Taylor, quien la hizo subir a su vehículo y la llevó hasta el centro comercial donde estaba su auto. Por el camino le dijo que la situación estaba tensa, que todos los oficiales recelaban unos de otros, pero temían a Moreno, porque corría un rumor de que lo estaban apoyando desde afuera y que el golpe de Estado iba a tener éxito. Luego, al despedirse, le advirtió.

—Isabel, no se le ocurra regresar, Fernando Moreno puede enterarse y usted y yo correríamos peligro. Si se entera de su amistad con Rufino, estoy seguro de que hará que usted pase un mal momento.

—No le tengo miedo a ese hombre.

—Debería tenerle, es capaz de cualquier cosa. Ya tiene suficientes problemas, pero no se molestaría en agregar otro más.

—Tranquilo, subcomisionado, ya logré ver a Rufino; ahora encargaré de este caso a una amiga.

El sol comenzaba a pintar de luces el océano Pacífico, elevado sobre las torres de los edificios de Bella Vista y Paitilla cuando Isabel emprendió el regreso a la ciudad. Venía emocionada, pensando en cuál sería la manera más eficaz de ayudar a Rufino en tales circunstancias. Lo que más le preocupaba era cómo convencer a Sara de que ayudara a Rufino. Condujo despacio hacia el hotel, mientras intentaba serenarse; de pronto, un hombre pareció venir hacia ella desde las penumbras, en uno de los semáforos de la vía; Isabel desconfió de las intenciones del sujeto y colocó su mano en la cartera, donde llevaba un arma de fuego; pero el hombre pasó de lado sin mirarla. Se asustó al pensar en que alguien la atacara y ella tuviera que defenderse con esa pistola, pero estaba consciente de que el momento que vivían era grave y no se podía bajar la guardia. El arma, para la que tenía permiso, de nada serviría si la perseguían agentes de la Policía; después del mal disimulado golpe estaban por todas partes.

Sara y Carmen aún dormían cuando Isabel llegó; el hecho de que se apareciera tan temprano era para preocuparse, por eso la escucharon con atención.

—Sara, necesito hablar con usted.

—¿Por qué no nos tuteamos, Isabel? Ya te siento como a una vieja amiga.

—Honor que me haces al llamarme amiga. A mí también me pasa lo mismo, es como si te conociera mucho tiempo atrás.

—Tal vez de una vida anterior —dijo Sara bromeando.

—No te rías, yo sí creo en vidas anteriores. Estoy segura de que este no es nuestro primer encuentro. Tu alma es vieja y la mía también.

Carmen, que hasta ese momento se había mantenido en silencio, dijo:

—¿No habré yo también reencarnado con ustedes?

—Es probable, se dice que la gente reencarna en grupo —afirmó Isabel, sonriente.

—Qué interesante, pero, Isabel, ¿de qué quieres hablar conmigo?

—Deseo pedirte un gran favor.

—Puedes hablar delante de Carmen, ella es mi hermana del alma. No tenemos secretos.

Isabel De La Fuente se sirvió un vaso con agua. Se lo tomó despacio para darse valor.

—Sara, necesito que vayas a las oficinas del SPI en Corozal.

—¿Al SPI? ¿Para qué?

—Es en una celda de esas instalaciones donde se encuentra detenido Rufino.

—Es urgente que lo vayas a visitar.

—¿A Rufino? No entiendo.

—Sara, necesitamos alertar al país sobre lo que ocurre. A mí no me creerían muchos, pero es distinto contigo, tienes personas que te siguen. Además, no tenemos idea de cómo enfrentar este problema y debes reconocer que tratamos con personas peligrosas; si se sabe que descubrimos el paradero de él, lo desaparecerán.

—En eso tienes razón, pero debes entender que este paso será difícil para mí. Además, él no me va a recibir.

—Eso ya está arreglado.

—No entiendo, explícate.

—Hace poco lo visité y se puso nervioso. Me pidió que me fuera. Entonces le propuse que tú irías en mi lugar y aceptó.

—Debe quererte mucho cuando accedió a verme. ¿Acaso no sabes que me odia? Aunque nunca entendí sus razones.

—Él te culpa por la muerte de su hija.

—¿La muerte de su hija?, ahora te entiendo menos.

Isabel le recordó a Sara que, siendo ella presidente, se negó a aceptar arreglos y Rufino estuvo en la lista de ministros despedidos. Al quedarse sin trabajo, se desesperó y cuando se le presentó una emergencia médica a su única hija, no tuvo los medios para atenderla debidamente y la niña falleció. Sara se cubrió el rostro con las manos. Cuando al fin se recuperó de la impresión, dijo:

—No soy culpable de esa tragedia, fueron las circunstancias. Pero, aunque no tenga nada que ver, él jamás aceptará verme.

—Sara, te dije que ya eso está arreglado. Solo tengo

que esperar la ayuda del subcomisionado Taylor; él no está de acuerdo con lo que está pasando.

—¿Y por qué no se opone?

—Hay mucha confusión. La Policía Nacional, el SPI y toda la Fuerza Pública están dirigidas por Moreno y por sus más fieles secuaces, a pesar de que es contra la norma; además, hay políticos que lo están respaldando, gente de los medios de comunicación, es toda una telaraña y uno no sabe quién está con uno y quién no.

—De todos modos, desprecio a ese hombre por lo que hizo.

—Él no es malo, si así fuera, yo no lo amaría, además, no es solo él, es lo que se le está haciendo al país, Sara, dijo Isabel con los ojos cuajados en lágrimas.

Carmen, que escuchaba en silencio, intervino.

—Sara, tú siempre has hecho lo correcto y en este momento es imperativo que hables con Rufino, porque lo que le están haciendo nos afecta a todos. ¿O es que piensas que no estamos en capacidad para enfrentarnos a esos bárbaros?

—No es capacidad lo que se necesita, es astucia, porque ellos no están actuando de frente. Se supone que el que gobierna este país es el vicepresidente, ahora presidente titular, y cualquier movimiento que hagamos debe ser estudiado antes.

—Me extraña, Sara —opinó Carmen—. No pareces la mujer que dirigió este país hace poco.

—Por lo mismo es que pienso dos veces en esto, esos hombres de Moreno, además de ser unos desalmados, están locos, no atienden razones, y necesitamos concertar una fuerza lo suficientemente grande como para echarlos de donde están. ¿O acaso piensas mostrarles los artículos de la Constitución que han violado?

—¡Yo sí lo haría! —señaló Isabel casi con ira.

Un prolongado silencio cubrió el entorno. Solo se escuchaba la respiración agitada de las mujeres. Sara se puso de pie y fue hasta uno de los ventanales, desde el cual contempló el amanecer. Ante las luces crecientes que iluminaban las ventanas de vidrio de los edificios más altos, su corazón se estremeció y se llenó de esperanza. Esa transformación fue mágica y misteriosa. Era uno de los amaneceres más bellos que había visto. Por negra que fuera la situación política de su país, ella no iba a renunciar a la esperanza. Ese sentimiento la rescató de situaciones aún peores. Durante toda su vida había caminado entre el agobio y la esperanza. En aquellos momentos en que los problemas superaban sus capacidades, encontraba en el cielo las luces que la renovaban y le daban nuevas fuerzas. No importaba lo que tuviera que hacer, ni con quién hablara, ella jamás rehuía el combate, y tal vez por eso Isabel la veía como una redentora. Después de una prolongada pausa, le dijo:

—Está bien. Iré a hablar con Rufino, pero debemos alertar a Antonio Pascal; esto es algo grave ya.

—Te lo agradezco, sé que para ti es un trago amargo. Hablaré con el subcomisionado Taylor.

Isabel abrazó a Sara y Carmen se les unió. En ese momento llegó Antonio, y en pocas palabras Carmen le explicó lo que habían acordado. Él también se resistió al principio, pero si Sara estaba dispuesta a conversar con El Cuervo, él no se opondría. Esperaría el resultado de esa entrevista y después adoptarían las medidas necesarias para denunciar la situación.

Por fortuna, el subcomisionado Taylor estaba encargado de la sede de Corozal hasta el día siguiente, y les advirtió que debían actuar con cautela, pero rápido, porque tenía entendido que Rufino sería movido de ese lugar a la mañana siguiente. Se animó al saber que alguien de tanta importancia como Sara Ortiz se ocupara del asunto; le propuso a Isabel que la expresidenta entrara al mediodía, en el van que transportaba la comida de los policías y los detenidos. Esta vez le pidió que se vistiera lo más sencilla posible, como una trabajadora, y que lo aguardara a las once de la mañana frente a un restaurante de El Dorado; un oficial de su más completa confianza conduciría el van, solo, y traería a Sara al regresar; eso sí, pidió absoluta puntualidad: frente al restaurante a las once.

Al enterarse de los detalles, Sara estuvo de acuerdo. Dijo que deseaba atender ese asunto de una vez por todas, pero en su rostro demostraba tanta contrariedad que Isabel temió que se arrepintiera y cambiara de opinión. Así se lo expresó a Carmen, quien la tranquilizó diciéndole que Sara siempre cumplía su palabra.

CAPÍTULO 4

Sara llegó a las instalaciones del SPI vestida como empleada del restaurante que suplía los alimentos a esa sede; faltaban quince minutos para la doce y, acompañada por el oficial que la condujo hasta allí, pasó hasta el lugar en donde permanecía Rufino. Llevaba en las manos una caja de pizza y una botella de gaseosa. Él se encontraba distraído en una esquina, evidentemente débil por la falta de alimentos, y el olor característico que invadió el recinto lo hizo levantar los ojos. Al principio no prestó atención a la mujer que estaba frente a él, en la semipenumbra del lugar, pero cuando ella se quitó la redecilla con el logo del restaurante, algo en ese rostro lo hizo tratar de incorporarse, aunque no lo logró sino después de un par de esfuerzos.

—Presidente, lamento mucho verlo en estas circunstancias.

—De no ser por Isabel, que me lo advirtió esta mañana, habría pensado que esto era un delirio, un truco de mi imaginación, pero es cierto, tengo frente a mí a Sara Ortiz, la altiva, la siempre desafiante, repartiendo pizzas.

Ella sonrió, pero no hizo comentarios. Él la recorrió con la vista. Creía no haber estado tan cerca de ella en mucho tiempo, y notó que sus ojos aún guardaban aquel desprecio que tantas veces le manifestó en público.

¿Cómo es posible que Isabel de La Fuente haya convencido a Sara de visitarme? No sé con qué me va a salir esta mujer. Ni siquiera sé de parte de quién está. No de mí, por supuesto. Hay demasiado odio entre los dos para tal cosa. Tengo que irme con cuidado. No puedo confiar en ella. Aunque, viéndolo bien, ella tampoco debiera confiar en mí. Es una mujer inteligente y de buenos sentimientos, de eso no hay dudas, pero dudo de esos buenos sentimientos, al menos hacia mí. Los que somos inteligentes y malos, llevamos las de ganar porque no nos ponemos límites. Esto me recuerda a mi exmujer, quien dijo un día que «su límite era el cielo», el título de un libro que estaba leyendo. Yo, sonriendo, le respondí que el mío era el infierno. Bueno, Sara, me imagino que tu límite, como el de ella, también es el cielo. Vamos a ver si me redimes o si yo te llevo al infierno. Pero, tal como veo las cosas, lamentablemente ahora sí tendrás que hacer trato conmigo, porque si no es así, nos jodemos todos. No diré ni una sola palabra, veré cuál es tu música y decidiré si bailo contigo o no. Sara, qué difícil ha debido ser para ti acercarte a quien consideras una escoria.

Sara permanecía de pie, con la olorosa caja de pizza en una mano y el refresco en la otra. Rufino le acercó una silla de secretaria, desvencijada, que estaba en un extremo de la celda, y le indicó que se sentara. Ella accedió y él volvió a echarse sobre el par de cartones que funcionaban como su cama. Era obvio que sus captores querían humillarlo, doblegarlo.

—Isabel me pidió que hablara con usted y, aunque pienso que esta entrevista no tiene razón de ser, la vi tan desesperada que quise atenuar su sufrimiento.

Rufino levantó una ceja en señal de desaprobación y dijo:

—Isabel nunca se desespera. Ella tiene un perfecto control de sus emociones y aun en las peores circunstancias conserva la serenidad. Creo que el único día que la vi un poco perturbada fue cuando me arrestaron. O mejor dicho, cuando me lo previno con el Tarot.

—¿No me diga que cree en esas tonterías del Tarot?

—¿Por qué no? No dice menos mentiras que los diarios, que las encuestas que salen por ahí, que los noticieros de la televisión, que la gente que adula a los que están en el poder. Dígame si me equivoco: ya hay varios diciendo que el país marcha mejor ahora que yo no estoy, ¿verdad que sí?

El Cuervo era astuto, Sara lo sabía. Él conocía cómo se compraban las conciencias, cómo se lograba que un hermano atacara a otro, que un compañero traicionara a los demás, que un soldado vendiera a su tropa, que una mujer perdiera sus principios. Tantas veces lo habría hecho que no se asombraba de cómo le estaban dando a probar una ración de su propio chocolate.

—Así es, pero no vine a hablar de las opiniones en la calle, sino del país, de lo que están haciendo los bárbaros…

—Los bárbaros, se ve que ha estado conversando con Isabel. Ella los llama así.

—Porque lo son, por eso. Y ahora están tomándose la nación y usted y yo, Rufino, aunque me repugne decir esto, representamos un sistema que debe oponérseles.

—Pues hagámoslo, Sara: salga, vaya a la calle, denuncie que estoy detenido, que me están torturando sicológicamente para que le dé visos de legalidad a un vil golpe de Estado. Exija que Moreno y sus secuaces me liberen y que los pongan presos de inmediato. ¿Dónde están los diputados que juraban apoyarme? ¿Qué dicen los siempre tan ocupados magistrados de la Corte? ¿No me diga que los compraron a todos?

—Esta gente ha sabido actuar bien, Rufino; en la calle hay un gran porcentaje de la población que ahora mismo no está interesada en que usted regrese. Le han hecho creer que ahora el país está mejor sin usted.

—¡Canallas!

—Es más, sus enemigos clásicos, los de SUDOR, los grupitos de la Universidad, los cierra calles de siempre, esos se han portado mejor como aliados suyos, a pesar de que los combatió.

—Por conveniencia, claro. Y usted, Sara, y Antonio Pascal, ¿no piensan salir adelante?

—Por eso vine. Ahora me consta cuál es su situación y voy a alzar la voz, levantaré a este pueblo dormido para que se entere de que en sus narices le están robando la democracia, lo están orillando a una nueva dictadura militar. Y lo necesitamos a usted en la calle, para que nos acompañe en esta denuncia.

—Pero estoy encerrado.

—Eso lo remediaremos, buscaré la forma de sacarlo de aquí, haré tal escándalo que no habrá otro remedio que dejarlo en libertad; después pediremos condena para los golpistas.

—¿Tiene algún plan?

—Yo soy el plan; de aquí no salgo si no es con usted. Ya le avisé a Antonio Pascal que esté atento a los acontecimientos; él tiene seguidores, activistas que podrán ayudarnos. Por ahora, necesito que coma y se reponga, porque quizás habrá acción.

Sara le pasó la caja de pizza y la botella de refresco a Rufino, quien, animado por la opción de salir de allí, y agobiado por el persistente olor a comida, no tuvo fuerzas para resistirse y comió vorazmente. Mientras tanto, Sara se asomó a la puerta y le pidió al oficial que permanecía al frente que llamara al subcomisionado Taylor.

Al poco rato este apareció; tenía cara de preocupación porque sabía a lo que se estaban exponiendo. Con breves palabras, Sara le expuso el plan.

—Subcomisionado, necesito su ayuda. Si usted me consigue uno de los uniformes de camuflaje que usan sus hombres, uno de la talla de Rufino, él puede salir de aquí a la una, manejando el van en el que trajimos la comida. Yo lo acompañaría, iríamos hasta la Defensoría del Pueblo y allí convocaríamos para esta misma tarde una gran manifestación en contra del golpe de Estado; le aseguro que esta misma noche el país vuelve a la normalidad, y la gente que dio el golpe será detenida. Yo me encargaré personalmente de que usted sea el comandante del SPI, porque es honrado y constitucionalista.

—Señora, lo que usted me pide es arriesgado.

—Lo que estamos viviendo es arriesgado, oficial.

—Lo admito, pero…

—Ya se ha jugado mucho ayudándonos; haga que esto valga la pena.

—Una cosa, señora, antes de tomar una decisión.

—Diga.

—Si El Cuervo, digo, si el presidente toma otra vez el mando, ¿qué será de la tropa bajo mi mando?

—Usted los representa, Taylor, le garantizo que serán excluidos de la purga que aquí se realizará entre tantos malos policías que no honraron su juramento.

—Deme diez minutos, señora, le traeré el uniforme.

Sara volvió al lugar donde Rufino terminaba de comerse la pizza. De una manera rápida, le hizo saber que estaban a punto de salir de allí, y lamentó que, por seguridad, no le hubiesen permitido entrar con su celular. Debería poner sobre aviso a Antonio y a Isabel, pero no era hora de entrar en titubeos. La suerte estaba echada.

El oficial que custodiaba la entrada tocó discretamente la puerta. En una bolsa traía el uniforme completo y se ofreció a ayudar a Rufino a colocárselo. Era su talla exacta, sin dudas y, excepto por el cabello revuelto y la barba crecida, podría pasar bien como un soldado más de la estación. Eso lo arreglaron pidiéndole que no pasaran por la sala de guardia, sino por la puerta de servicio, que estaba custodiada por soldados fieles a Taylor. Cuando Rufino estuvo vestido para la fuga, Sara se colocó la redecilla con el logo del restaurante y, a la una en punto, se dirigieron al *van* de la empresa. Rufino aún trastabillaba un poco por la debilidad, pero hizo esfuerzos supremos para parecer erguido a medida que cruzaban el patio, a la vista de todos, y se dirigían a un alero donde se hallaba estacionado el vehículo.

Si hace un mes alguien me hubiese descrito esta escena, hubiera creído que era parte del capítulo de alguna novela y no la viva realidad que estoy presenciando. ¿Sara Ortiz ayudándome? ¿Sara Ortiz liberándome de una cárcel donde temí morir? ¿Sara Ortiz conduciéndome hacia la recuperación de mis derechos? Esto en verdad es increíble, y me hace ver de otra manera a una mujer a la que siempre he detestado. ¿Hubiera hecho yo lo mismo por ella? Si he de ser sincero, no. Pero aquí estamos, y no es hora de reflexionar, sino de actuar. Llevaré este auto hasta la Defensoría del Pueblo y comenzaremos una jornada que pondrá de rodillas a estos usurpadores, en particular al perro de Moreno y al vicepresidente de la traición.

Como estaba previsto, el vehículo de la comida salió, igual que otras veces, por la puerta de servicio, conducido por un soldado del SPI y una persona del restaurante que suplía la alimentación del lugar. La presencia del uniformado a bordo del auto civil era una exigencia de Fernando Moreno desde el momento en que asumió el poder de la Fuerza Pública, según él, para evitar cualquier tipo de sabotaje, pues ya se sabía que en otras ocasiones el personal policial había sido víctima de envenenamientos por las mafias locales o los narcotraficantes internacionales, molestos por la acción de las autoridades. En esta oportunidad, su estrategia fue, precisamente, la que permitió la evasión del presidente detenido.

En verdad, el escape protagonizado por dos personas que poco tiempo antes eran los que mandaban en el país parecía extraído del guion de una película, pero allí iban ellos dos, tensos y en silencio, a medida que trataban de sobrepasar la fila de autos que se dirigía a la ciudad por la avenida Omar Torrijos. A su derecha, la locomotora del viejo ferrocarril transístmico, ahora remozado para el comercio internacional, enganchaba varios vagones repletos de mercancía; a su izquierda, un jet privado tocaba la pista del aeropuerto Marcos A. Gelabert, proveniente quién sabe de dónde, mientras otros dos aviones esperaban turno para despegar. Más lejos, al frente, los brazos de las gigantescas grúas del Puerto de Balboa se movían mientras cargaban y descargaban contenedores de alguno de los barcos que usaban el canal de Panamá y, alrededor del auto, decenas de vehículos seguían la misma ruta hacia el centro de la ciudad.

Sara Ortiz meditaba en la indiferencia del mundo ante las tragedias particulares, a la vez que volvía a lamentar el hecho de no haber escondido entre sus ropas un teléfono celular. Claro, podría haberse bajado en una de las cabinas telefónicas por las que pasaron, pero eso los habría hecho perder minutos valiosos.

Justo en el momento en que cruzaban bajo el paso vehicular que da acceso a la Terminal Nacional de Transporte y al Centro Comercial de Albrook, tres autos, todoterreno, se les adelantaron por los costados y, bruscamente, les cerraron el paso, haciéndolos detenerse a orillas de la vía. Ambos expresaron coloridas maldiciones a los que manejaban de esa manera, antes de darse cuenta de que no se trataba de conductores desprevenidos, sino de militares armados.

Dos soldados se acercaron por el frente del van, apuntándoles con sus fusiles, mientras otros se colocaban detrás y obligaban a los conductores curiosos a apurar la marcha. De uno de los autos se bajó el subcomisionado Taylor, empujado por Fernando Moreno. Rufino y Sara se mordieron los labios con rabia.

—A ver, subcomisionado, ¿conoce usted a estas personas? —el tono de Moreno era irónico; desde lejos se notaban los golpes recibidos en el rostro del oficial que los había ayudado a escapar.

—Discúlpeme, Sara—en vez de contestarle a Moreno, el oficial le hablaba a la expresidenta—. Ya ve, las cosas no salieron como lo habíamos previsto, siempre hay traidores entre nosotros.

Entonces, ante el asombro general, Moreno dio dos pasos al frente, se colocó frente a Taylor, que estaba recostado de una de la todoterreno, extrajo su pistola y le disparó dos tiros, a quemarropa, sobre el corazón.

—¡Hablar de traidores cuando él es el peor! —fue la única expresión con la que Moreno sustentó aquel crimen.

Los soldados apenas mostraron un gesto de asombro, antes de que Moreno les ordenara.

—Pasen a los prófugos a esa camioneta y llévense el van de vuelta a Corozal, con el cuerpo del traidor. Ah, y a propósito, Rufino, como usted fue el responsable de esta muerte, a usted se la achacaremos en el informe oficial. Señora, permítame decirle que alguna vez sentí respeto por usted, pero hoy llegó lejos. Digamos que fue la que introdujo el arma y se la entregó al prisionero, para que matara a este oficial, que tan brillante hoja de vida ostentó hasta el momento.

Luego miró a otro de los oficiales que lo acompañaba y le ordenó.

—Mayor Navarro, encárguese de hacer el informe con los datos que le acabo de dar. Anoté que por la necesidad de auxiliar al herido oficial Taylor, los prófugos escaparon…

Navarro pareció confundido con la última indicación. ¿Cómo que escaparon, si los tenían allí, a buen recaudo? Hizo la pregunta y Moreno le contestó fuerte.

—Como lo oyó, mayor; aquí no hemos atrapado a nadie. Estos dos pendejos son míos.

CAPÍTULO 5

Antonio vio por televisión la noticia sobre Rufino y Sara, sin creer una palabra de lo que señalaba el informe oficial.

De una manera fría, sin dejar que se expresaran sentimientos de ningún tipo, el secretario de prensa de la presidencia leyó un comunicado en el que se informaba que la Policía Nacional, en un esfuerzo combinado con el Servicio de Protección Institucional y la DIJ, habían sorprendido a Rufino de León Bustamante y a Sara Ortiz mientras intentaban subir a un avión privado en el aeropuerto de Albrook, disfrazado uno como policía y la otra como empleada de un restaurante. Además de señalar que al expresidente se le buscaba para que compareciera a rendir cuentas por malos manejos administrativos y un crecido número de delitos, se decía que las autoridades desconocían que la expresidenta Sara Ortiz estuviera implicada en el plan de fuga. Precisaba el informe que una llamada ciudadana activó el operativo policial, pero que tanto De León como Ortiz lograron darse a la fuga en un auto con los logos de un restaurante y que, al verse acorralados, atacaron a tiros a los policías que les dieron la voz de alto.

Antonio Pascal contrajo el ceño a medida que se leían los párrafos, y cada vez entendía menos de la situación. Decían que el subcomisionado Horacio Taylor había sido herido de gravedad en el lugar y que falleció camino al hospital, y que esto permitió a los homicidas escapar con rumbo desconocido, por lo que se les buscaba y se estaba cursando, mediante INTERPOL, una orden internacional de captura en el caso de que, como se creía, hubiesen podido abordar otro de los aviones que estaban allí cerca.

El comunicado finalizaba reiterando a la nación el compromiso del presidente y de las autoridades por garantizar la vida, honra y bienes de los ciudadanos, y prometían más información, apenas se dispusiera de ella.

El candidato opositor se encaminó a la habitación donde Isabel y Carmen también acababan de enterarse del asunto. Todo era confuso y, si bien sabían que lo anunciado involucraba un gran engaño, no sabían cómo proceder.

—¡Es una mentira! —exclamó Carmen—. Sara no procedería así, es una trampa, quizás los mataron a ambos y ahora inventan semejante cosa.

—¡Cálmense, cálmense! —exigió Pascal—. Debemos ser cautelosos en nuestros pasos porque ya ven de lo que son capaces estos tipos.

En una esquina de la habitación, Isabel habló algunos minutos con Carmen, tratando de tranquilizarla. De pronto, como acordándose de algo, le preguntó si era cierto que ella sabía de astrología.

Isabel, sonriendo, respondió que había estudiado esoterismo por su cuenta, pero que solo hacía consultas privadas a sus amigas íntimas. Sin embargo, después de la prueba del Tarot que le hizo a Rufino, decidió abandonar esas artes. Carmen sintió curiosidad y quiso saber acerca del Tarot de Rufino. En pocas palabras, Isabel le refirió el desafortunado evento. A medida que avanzaba el relato, Carmen se entusiasmaba más y, cuando concluyó, preguntó:

—Isabel, ¿podrías hacerle el Tarot a Sara?

—Creo que debemos iniciar con su carta astral.

—Hazla de inmediato.

—Eso es imposible, pues sería como violar su autonomía. Necesito la autorización de Sara.

—No podemos conseguirla en este momento, Isabel; es más, es por eso que necesitamos hacerla.

—Además, necesitaría su fecha y hora de nacimiento.

—Ay, Isabel, yo te puedo dar esa información.

—Bien, entonces, ya que esto se pone color de hormiga, creo que violaré el precepto de confidencialidad y le haré una carta astral siempre y cuando sea por el bien de la causa.

Luego, Isabel le explicó a Carmen que el análisis astrológico es similar al psicológico, pero que tiene la ventaja de emplear un método que ha sido probado durante miles de años y cuya esencia no ha cambiado desde sus inicios. No es algo especulativo, sino un lenguaje cósmico referente a la esencia de la naturaleza humana que siempre permanece igual a pesar de las alteraciones experimentadas por las civilizaciones y culturas de nuestro planeta. La carta astral es un mapa del cielo tal y como lo vería un recién nacido desde su cuna, excepto que también incluye la mitad invisible del cosmos que queda debajo del horizonte.

Carmen perdió la paciencia y apuró a Isabel, diciéndole que no se entretuviera en detalles que no entendía y que lo que interesaba era el resultado de la prueba.

—Mira, Isabel, Sara nació el 7 de diciembre de 1958, a las dos y cinco de la madrugada. Ahora, ¿puedes comenzar?

Antonio, que había estado ocupado haciendo varias llamadas, se acercó a ellas y, cuando se enteró lo que planeaban, las miró escéptico.

—No puede ser, el lío en el que nos encontramos, y ustedes pensando en esas cosas.

—Precisamente, carecemos de información y creo que así la podremos obtener —recalcó Carmen.

—Allá ustedes; yo voy a reunirme con gente de mi equipo de trabajo para trazar un plan de acción ante las circunstancias. Creo que debemos preparar un comunicado en respuesta al montón de mentiras que nos han disparado. Y es urgente averiguar el paradero de Sara.

—Necesito concentrarme —indicó Isabel —. Por favor, déjenme a solas.

—Está bien, saldré un rato a la terraza —aceptó Carmen.

Isabel sonrió; en cierto modo, le agradaba la oportunidad de obtener información por un medio que, en tantas ocasiones, le había sido útil, y procedió a hacer los arreglos para la lectura astral.

Una hora después, llamó a Carmen, le pidió que se sentara en la cama para explicarle los datos más importantes de la carta. Inició diciendo que el ascendente es el punto que aparece al Este en el momento del nacimiento y simboliza la manera de acercarnos a la vida.

—Este se relaciona con el despertar de nuestra conciencia, del mismo modo que el Sol nos despierta en la mañana, disipando la oscuridad de la noche con sus rayos de luz. El ascendente de Sara es Libra y determina su ideal por la justicia, por eso siempre está en búsqueda de la armonía en todos los aspectos y se identifica por su objetividad. Está dotada de una gran capacidad afectiva y los nativos de este signo logran cultivar amistades, sin dificultad.

Carmen interrumpió a Isabel en la lectura y le pidió que no entrara en detalles y que se concentrara en lo más relevante. Isabel movió la cabeza de un lado a otro y respondió.

—El Sol simboliza la verdad y la integridad. Otorga al nativo alegría, confianza y buena salud. Te comento todo esto porque es parte importante de la personalidad de Sara.

—Estoy de acuerdo.

—Sagitario es un signo de fuego y el Sol en este signo destaca su gran potencial de energía, una enorme aspiración por el trabajo y un espíritu apasionado y honesto. El Sol, en conjunción con Mercurio, entre otros aspectos, denota una apariencia juvenil. ¿Te das cuenta de que Sara aparenta cuarenta y ya tiene cincuenta y un años?

Carmen no respondió e hizo un ademán para que continuara. Estaba ansiosa y deseaba tener información más concluyente.

—Carmen, la carta astral recomienda que se debe tener cuidado al elegir la pareja. Tengo entendido que el esposo de Sara era un sinvergüenza.

—De ese individuo es mejor no hablar, al final pagó con su vida toda su maldad.

Isabel continuó sin hacer comentarios.

—El Sol trígono Urano: magnetismo vitalizador. Amor a la libertad. Indica telepatía, percepción extrasensorial. ¿Sabes, Carmen? Desde que conocí a Sara descubrí esas dotes, lo que pasa es que ella rechaza sus poderes.

—Sigue, no des vueltas con la información.

—Tranquila, estoy saltándome lo que pienso que no es importante. En esta parte se destacan las capacidades intuitivas de Sara. La Luna, en conjunción Neptuno: imaginación exaltada, puede desarrollar capacidades extrasensoriales desde joven. Inclinación para trabajar por la gente necesitada. La Luna textil Plutón también ratifica el conocimiento intuitivo. Mira Carmen, Mercurio trígono Urano manifiesta el poder mental de Sara y su gran resolución de cualquier problema. Estoy segura de que ella y Rufino encontrarán la manera de sacar al país por nuevos derroteros.

Carmen interrumpió la lectura de Isabel para preguntarle qué salía con relación al amor.

—Poco, es como si nuestra amiga estuviera congelada después de sus fracasos amorosos, pero no te preocupes de que en la carta dice que ella logra consolidar un matrimonio feliz.

—Eso es lo que menos va a creer Sara cuando sepa esto. Cada vez que le toco el tema, me dice que con dos fracasos es suficiente.

—Prosigo: Marte en su casa natural otorga una vida dinámica. Muestra un excesivo impulso por la honestidad y un desprecio por lo superficial. Un apasionado interés por lo misterioso, enigmático y oculto.

—Eso no es cierto, no le interesa lo enigmático ni lo oculto.

—Todo lo contrario, siente que le interesa de una manera significativa.

Isabel continuó y Carmen ya se estaba aburriendo, porque nada de lo leído les decía dónde estaba ella ahora mismo.

—Marte oposición Júpiter: dignidad, heroísmo, conquista y misión cumplida. Disfruta de la confrontación directa con los adversarios. Nada se hace con moderación en su gusto por el drama.

Carmen se dio cuenta de que en eso también había acertado la carta astral. Muchas veces ella le pidió a su amiga que evitara las confrontaciones, pero nunca le hizo caso. Disfrutaba cada una de ellas. Cuántas veces le pidió moderación y jamás la escuchó.

Isabel prosiguió la lectura.

—Marte cuadratura Urano: puede convertirse en heroína para los débiles, los desposeídos y todo aquel incapaz de defenderse por sí mismo.

De repente, hizo una pausa; algo llamó su atención y dijo:

—Saturno trígono Urano: La autoridad que inspira a este nativo no deja lugar a duda sobre su capacidad de liderazgo, llegará a altos cargos. Carmen, en esto también acertó la carta, Sara llegó a ser presidente de la República.

Carmen no permitió que Isabel terminara la carta astral.

—Esta carta astral solo nos dice los atributos personales y cosas que ya sabíamos en el pasado de ella, pero no concluye nada.

—Esto es solo el inicio, hay otras consultas.

Carmen le dijo que dejaran eso así, que no había logrado la información esperada, y se marchó, con evidentes muestras de decepción. Isabel salió al poco rato y fue a uno de los almacenes de revistas del hotel en busca de literatura; encontró solo tres títulos y eligió uno de ellos: «Entrenando la mente» de Deepak Chopra. El título le parecía interesante. Llevaba días sin leer y para ella esa actividad era como comer o dormir. Se ponía de mal humor si no leía por lo menos una hora diaria.

Fue hasta la terraza del hotel e inició la lectura, pero estaba tan cansada que al poco rato se quedó dormida. Soñó que su celular repicaba y repicaba y que le era imposible alcanzarlo, hasta que, mediante un esfuerzo sobrehumano, logró tomarlo en sus manos y contestar; la voz desde el otro lado era la de Rufino.

—Mi amor, seré breve. Llamo para decir que te amo, te extraño y ansiaba escuchar tu voz.

—Rufino, ¿dónde estás?

—Cerca, pero lejos. Necesitaba que supieras que te amo, que te amaré siempre.

—¡Rufino! ¡No cierres!

—Tal vez ya no te pueda llamar más, pero recuerda: te amo. Cuídate mucho, no quiero que te pase nada.

—Rufino, yo también te extraño.

—Isabel, por favor, debes extremar todas las medidas de seguridad.

La comunicación se cortó justo en el momento en que ella despertó, sobresaltada. Sintió alegría y tristeza. Alegría porque sabía que Rufino, aun en sueños, lograba hablarle; y estaba triste porque el hombre estaba padeciendo mucho.

Isabel prefirió no comentar su conversación con Antonio o con Carmen. No deseaba escuchar comentarios desfavorables de Rufino, o que la vieran como una obsesionada.

CAPÍTULO 6

Fernando Moreno estaba malhumorado cuando recibió la visita de Gian; sin embargo, lo hizo pasar. El aire de misterio que reflejaba el oscuro personaje lo incomodaba.

Me revienta ese mequetrefe que cree tener el mundo en sus manos. Que no se resbale conmigo porque lo saco del país. Ese poder del que alardea no se lo cree ni él mismo. Tengo que armarme de paciencia para soportar su demencia de ciencia-ficción. En el momento en que consolide el gobierno, lo mando al carajo.

Gian se sentó cerca del jefe de la Policía, abrió el maletín y extrajo una lista. Fernando, indiferente, le preguntó:

—¿Qué te traes ahora? Te aseguro que no estoy de humor para escuchar tus historias.

—Me imagino. Igual estaría yo si se me escapara un expresidente corrupto al que medio país quiere linchar. Si encima de eso, matara a uno de mis oficiales antes de escapar. Bueno, me estoy basando en las fuentes oficiales, aunque no sea mi costumbre.

—Prefiero que no te metas en mis asuntos profesionales. Ahora, a lo que viniste, y entre más breve, mejor.

—Traigo aquí órdenes de la organización para...

—A mí nadie me da órdenes, ¿entendiste?

—Bien, llamémoslas «instrucciones».

—¡Menos! Ni órdenes ni instrucciones.

—Entonces, ¿qué papel nos otorgas? Sabes bien que nos necesitas para cogobernar.

—¡No necesito a nadie y menos a una sarta de locos de atar!

—No tienes la menor idea de las fuerzas que estás desafiando.

—Mira, Gian, no tengo tiempo para mariconadas y menos ahora que El Cuervo mató a uno de mis oficiales.

—Te aseguro que El Cuervo es tu menor problema ahora mismo.

—Por fin, ¿de qué instrucciones hablabas?

Como respuesta, Gian le extendió una lista de nombres a Fernando Moreno. El jefe de la Policía la leyó; eran personas conocidas en la empresa privada y en el gobierno, algunos eran líderes de barrio, pero la mayor parte era gente con mucho dinero. Al lado de cada uno había un cargo público, desde ministerios hasta dependencias autónomas de bajo perfil.

—¿Y qué se supone que debo hacer con esta gente?

—Son los nombres y las posiciones que necesitamos para colocarlos. Ya dije que ayudaremos a gobernar, y ellos son gente probada en la organización.

El jefe policial no podía creer que tanta gente estuviera relacionada con las locuras de Gian Spinola, y para demostrar lo que significaban para él todos esos nombres, arrugó el papel y lo lanzó a la basura.

Gian se puso de pie, rojo por la indignación. Fernando lo imitó, clavándole la vista, retador, mientras Gian apretaba los puños para contenerse. El escritorio era inmenso y la oficina estrecha. El reducido espacio incomodaba a Gian que, atrapado en una esquina, sentía que le faltaba el aire. Era como si estuviera en la jaula de un fiero león y no encontrara la salida.

Moreno le pidió a Gian, con palabras duras, que saliera del lugar. El hombre trató de parecer conciliador:

—Fernando, espera, si te desentiendes de nosotros, te va a ir mal.

—No me jodas la vida, cabrón, y sal de aquí.

—¡Después no digas que no te lo advertí! ¡Te estás aislando!

—¿Sabes algo? Te doy veinticuatro horas para que salgas del país. Ni un minuto más. Espero no tener que sacarte por la fuerza.

—Ya tendrás noticias mías.

Mientras se retiraba, una malévola sonrisa se dibujó en el rostro de Gian. Fernando se había detenido para observar al hombre y sintió que un escalofrío recorría su cuerpo. En ese momento tuvo la certeza de la peligrosidad del iluninati: «Nadie que no tenga razones válidas sonríe de esa forma después de ser echado; es mejor que esté lejos de mí», pensó Fernando Moreno.

El gorila desconoce cuál es el poder al que se enfrenta. Me voy, pero va a pedirme de rodillas que regrese al país. La ignorancia es osada y la soberbia, el peor defecto de Fernando Moreno, pero se va a arrepentir.

Al día siguiente, a primera hora, Gian Spinola salió del país hacia Roma. Llevaba entre sus planes atacar a Moreno y al presidente en funciones por el lado más débil: el económico. Justo antes de salir del hotel, envió varios correos electrónicos con informes sobre su status y las acciones de Moreno a sus superiores en Italia y Estados Unidos. Durante el viaje calculaba cuánto demorarían en darle respuesta, pero sabía que, en casos como este, las acciones se desencadenan de inmediato, así que era cuestión de unos pocos días para que Moreno conociera las consecuencias de su conducta. Los golpes llegarían, uno a uno, para hacerle sentir el verdadero poder.

Pocas veces los ministros se reunían con el presidente. Desde el golpe, preferían tratar directamente con Fernando Moreno, quien tenía respuestas contundentes y rápidas; de hecho, el militar ya era considerado por el gobierno en pleno como el jefe del Estado.

El ministro de economía y finanzas llegó al despacho de Moreno sin previo aviso y le pidió a la secretaria que lo hiciera pasar de inmediato, pero ella respondió que antes debía anunciarlo. Cuando al fin entró, dijo en tono alterado.

—Comisionado, perdone que llegue de improviso, pero le traigo noticias terribles.

—Cálmate hombre, al verte tan descompuesto cualquiera diría que vienes a anunciar la muerte de mi madre.

—Es algo peor, y usted disculpe que hable tan claro.

—Pues, suéltalo de una vez.

—Señor, tengo un correo de uno de nuestros agentes en Washington, quien nos anuncia que en breve se dará un informe en el que se califica mal la economía del país.

—Eso no es novedad, la crisis mundial.

—No, señor, una calificación de ese tipo será terrible para el país. La Reunión Regional del FMI será la otra semana, en Buenos Aires; nosotros debemos acudir, pero será catastrófico si se nos descalifica económicamente; es más, dice nuestro agente, que uno de los factores de descalificación será la situación política del país.

—¿No me digas?

—No está captando la gravedad del asunto, señor.

Mire, ¿nunca le ha pasado que ha depositado monedas en una máquina expendedora de refrescos y no ha obtenido ni el refresco ni el cambio?

—Un par de veces, y he agarrado la máquina a patadas.

—Igual nos pasará a nosotros, no recibiremos ni el refresco ni el dinero, pero sí las patadas.

—Pero hay otras fuentes de crédito...

—No muchas; iguales indicios tenemos del Banco Central Europeo y del Banco Mundial, y todos están apelando a la misma causa: la política interna del país. Y no le sigo indicando otros obstáculos que se están presentando desde hace setenta y dos horas porque sería largo enumerar, pero todos tienen que ver con consecuencias al crecimiento del país y, peor aún, al cumplimiento de obligaciones actuales y al financiamiento de inversiones que ya están acordadas o en marcha.

—¿Qué opina usted, ministro? Busque soluciones, para eso se le paga, ¿no?

—Estamos hablando de una crisis nacional, señor, no de un problema ministerial. Nosotros lidiamos todos los días con problemas, pero en esta ocasión, todos los problemas han llegado juntos, y no hay dinero ni siquiera para cancelar la planilla gubernamental de fin de mes, ¡así no se puede! Debo anunciarle que tengo aquí mi renuncia.

—¡Mire, ministro!, espero que esa renuncia esté acompañada por la de su esposa, en Aduanas; por la renuncia a la beca de sus dos hijos en Londres; por su desistimiento al trámite que se hace en el Banco Nacional para la compra de la hipoteca de su casa; ah, y por la renuncia también de... ¿cómo es que se llama esa amiguita suya que coloqué en Turismo? No me acuerdo, pero hoy mismo le dice que se va con usted. ¿Oyó?

El ministro entendió el mensaje. Tomó los papeles que traía y, balbuciendo una disculpa, se retiró, prometiendo intentar que se arreglara todo.

Apenas cerró la puerta, Fernando Moreno levantó sobre su cabeza la silla en la que se había sentado el ministro, la estrelló contra la pared, y luego pateó los restos con sus botas, en medio de una exclamación de rabia e impotencia.

—¡Maldito seas, Gian Spinola!

Apenas llegó a Roma, Gian se reunió con el jefe de los iluninatis, Benedetto Mazzini, y le entregó un informe detallado sobre la insubordinación de Fernando Moreno. Mazzini abrió su ordenador portátil y tecleó por unos minutos. Luego cerró la computadora y dijo:

—Ya está todo coordinado. En menos de una semana, Moreno estará postrado de rodillas.

Gian no pidió explicaciones. Llevaba más de diez años trabajando bajo las órdenes de Mazzini y sabía que no soportaba ser cuestionado.

—Dime, algo Gian, ¿Fernando Moreno es católico?

—No, señor, él no cree en nada ni en nadie.

—Entonces, ¿qué es? ¿Un nihilista?

—No tanto. Es un imbécil. Un imbécil con grandes pretensiones.

Benedetto Mazzini sonrió, solo Gian Spinola era capaz de darle semejante respuesta. Sin embargo, lo admiraba por su férrea personalidad. Había manejado bien la crisis con Fernando Moreno, quien lo había traicionado, a pesar de que con su apoyo había defenestrado a Rufino De León Bustamante. Gian, entrenado para manejar situaciones de crisis, no tomó esa traición a nivel personal. En verdad, el militar había resultado un ingrato, pero en todo momento el iluninatis se controló y no propició situaciones de ruptura; cuyas consecuencias pudieron haberlos perjudicado.

Gian se atrevió a sugerirle a Mazzini que era preciso quitar del camino a Fernando Moreno.

—Es alguien con el que no se puede trabajar, jefe.

—Aún creo que podremos controlarlo; hemos avanzado en el proceso de controlar a ese país y no nos conviene iniciar desde el principio.

—Me siento atado de pies y manos. Creo que es momento de darle un buen escarmiento a ese tipo.

—Tendrás tiempo suficiente para resolver eso. Ahora no es el momento.

Gian permaneció en silencio evaluando la situación. Por enojado que se encontrara no valía la pena contradecir al jefe. Ya llegaría el momento de pasarle la factura a su enemigo. Eran muchos sus defectos, pero procuraba mantener intactas sus dos cualidades: inteligencia y sabiduría. Recordó las palabras de su padre: «quien desee conquistar al mundo, debe dominarse primero a sí mismo». Había cultivado la fuerza interior de un espíritu templado, fraguado en la disciplina. Aunque Mazzini subestimaba a Fernando Moreno, él no le quitaría la mirada de encima. Lo más importante era superar cualquier tendencia a la dispersión. Debía concentrarse en su objetivo desde una perspectiva racional y prudente.

A Mazzini, por su parte, le preocupaban los silencios de Gian. Nunca olvidaría la impresión que le causó en su primer encuentro. De inmediato reconoció su personalidad carismática, un verdadero mago capaz de crear una realidad donde no existe y dispuesto a elevarse por encima de las dificultades. No parecía aspirar a su puesto, pero temía que algún día se lo disputara. Estaba seguro de que Gian era un líder deseoso de poder. Hábil, ingenioso y sagaz, siempre hacía uso de sus habilidades para inclinar la balanza a su favor. Creativo y con una capacidad poco usual para expresarse con elocuencia y seguridad, lograba convencer a los demás de que sus ideas y razonamientos eran los correctos. «El fin justifica los medios» era su frase favorita y no le importaba realizar hasta magia negra para obtener sus objetivos.

Gian se sabía espiado por Mazzini, por esa razón no daba paso en falso. Percibía que su jefe solo esperaba el menor desliz para sacarlo de circulación y él no estaba dispuesto a darle la menor oportunidad. Estaba seguro de que tarde o temprano ocuparía ese puesto; cstc lo sabía y luchaba por impedírselo. Mazzini había ganado todas las batallas, menos una que jamás lograría: la batalla contra el tiempo, y a sus ochenta y cinco años, no era mucho lo que le quedaba de vida. Una sonrisa afloró a los labios de Gian y su jefe le preguntó:

—¿Qué es lo que tanto te divierte?

—No es diversión, es alegría. pronto Fernando Moreno sabrá que no es nadie sin nuestro apoyo; me rogará que regrese.

—¿Crees ser el indicado para recibir esas súplicas?

—Por supuesto, nadie lo conoce mejor que yo y lo digo en sentido literal.

—En eso tienes razón. En cuanto se comunique, regresarás a Panamá.

Gian se despidió y fue directo al hotel. En el momento en que estaba recibiendo las llaves de la habitación, un mensaje electrónico en su Blackberry le llamó la atención: Fernando Moreno le escribió. ¿Quién lo diría?

Hacía tan poco que lo echó del país y ahora se expresaba casi con humildad: «Gian: dejemos a un lado los malentendidos. Estoy organizando varios planes y requiero de tus servicios aquí. Esas palabras era la confirmación que evidenciaba que Moreno los necesitaba para gobernar un país que atravesaba una fuerte crisis económica.

Fernando Moreno llegó a media tarde a las instalaciones del polígono de tiro de Gamboa, acompañado de Gian Spinola, a quien mandó a traer del aeropuerto. Para ganarse la confianza del iluninatis, lo llevó a visitar el lugar donde mantenía ocultos a los expresidentes Ortiz y De León. Por órdenes suyas, ambos fueron sedados para que dieran menos problemas. Aún no estaba seguro de qué hacer con ellos, pero cada vez era más obvio que no podían seguir vivos; o al menos, se animaba pensando que podía mandarlos lejos del país; el problema con esta última decisión era que ninguno de los dos daba muestras de querer cooperar.

—Debo deshacerme de ellos, son un obstáculo para mí y para el país.

—¿Acaso los vas a matar?

—Vamos, Gian, no uses esa palabra tan terrible. Solo los sacaré de circulación.

—¿Hay alguna diferencia?

—Mucha, y ya no preguntes más, que conozco tu hoja de vida y sé bien en cuántos enredos has andado envuelto.

—Pero distintos al que llevas a cabo; no valdrías un centavo si te logran implicar en desapariciones forzadas.

—Tranquilo, estás tratando con un profesional.

—Eso espero.

En ese momento llegaron a la celda, que estaba custodiada por cuatro soldados bien armados, quienes se hicieron a un lado para que pasara el jefe y su acompañante. Ambos exmandatarios estaban semiinconscientes sobre dos delgados colchones de *foam* tirados en el suelo. No parecían darse cuenta de nada.

—Gian, vas a ir con nosotros en un viaje en helicóptero.

—¿Y eso para qué?

—¿Para qué crees?, para llevar la carga.

—La carga, este es uno de esos «vuelos de la muerte», ¿o me equivoco?

—Eres tú el que lo dice, no pongas palabras en mi boca.

—He leído mucho sobre esta práctica. Durante las dictaduras latinoamericanas de los 60, 70 y 80, fueron un medio «económico» de eliminar a disidentes.

—Económico no, pero sí eficaz. Esta vez me acompañarás y verás cómo disponemos de estos dos personajes tan nefastos para el país.

Moreno hizo una llamada por la radio y poco después aparecieron dos autos con vidrios oscuros. A una orden, los soldados amarraron de pies y manos a los prisioneros y los metieron a uno de los autos. Los dos estaban aún adormilados por la sustancia que les habían administrado y apenas emitieron unos cuantos quejidos cuando los lanzaron al interior del vehículo.

De allí se dirigieron, en una caravana que fue seguida por Fernando Moreno y Gian Spinola, hasta la pista antigua del aeropuerto de Tocumen. Eran casi las seis de la tarde cuando arribaron al lugar, donde los esperaba un helicóptero con los motores encendidos.

—Logística para Darién —fue la explicación que dio uno de los oficiales al encargado de la Sala de Guardia en el lugar, el cual no hizo más preguntas y se limitó a anotar lo que se le indicara. Poco después, Moreno, Spinola y los tripulantes de la nave emprendieron el vuelo, llevando a Sara Ortiz y a Rufino De León Bustamante.

Apenas se estabilizó el aparato, Gian se dio cuenta de que Sara temblaba. La desató, le quitó la mordaza y le tomó el pulso. Lo tenía agitadísimo.

—¿Se siente mal?

La mujer no responde; con sumo esfuerzo intenta abrir los ojos y observa la cara del hombre que le habla. Es como asomarse a un abismo. Gian era apuesto, no podía negarlo. ¿Quién en una situación de peligro se fija en esos detalles? Ella lo hizo, el atractivo de Gian era evidente: blanco, de complexión atlética, con cabellos castaños y ojos negros. Una barba tupida del mismo color que sus cabellos resaltaba en contraste con el color de sus ojos. La expresión de su rostro era afable y eso la desconcertaba. ¿Cómo era posible que un hombre así formara parte del escuadrón de la muerte que los conducía a su final? Porque nada bueno podría esperar de aquel vuelo nocturno que los llevaba hacia la nada.

Gian observó a Sara quien, aunque no destacaba por su belleza, era una mujer atractiva. Su sola presencia imponía respeto. Se percibía que era una dama de carácter y él siempre admiró a mujeres así. Esas que en la adversidad se ven serenas, como si nada ocurriera, pero que son capaces de enfrentarse a cualquier problema y resolverlo todo. Él sabía de ella, conocía su historia personal. El mismo Rufino se la había contado y aunque el relato estuviera matizado por el odio que El Cuervo sentía por su enemiga, había efectuado una investigación por su cuenta y reconocía que estaba frente a una mujer excepcional.

Exterminar a Rufino no le afectaba, pero matar a Sara era otra cosa. El problema era que no creía poder convencerla de que no denunciara el asesinato. Aunque Rufino fuera su enemigo, ella jamás se prestaría para encubrir un crimen. Él sabía que Sara era la dama del «No hay trato».

Rufino había recobrado el conocimiento desde que se inició el viaje, y buscaba una oportunidad para actuar; aprovechó la distracción de Gian y, con la ayuda de un gancho que sobresalía del piso de la nave, quizás para sostener algún tipo de carga, rompió las esposas plásticas que le habían colocado y se desató los pies. Tratando de no llamar la atención, se aproximó en la oscuridad a uno de los soldados que viajaban en el avión, quien portaba la cartuchera casi a la altura de la rodilla, y con movimiento rápido y decidido extrajo el arma. Antes de que alguien pudiera reaccionar, Rufino apuntó directo a la cabeza de Fernando Moreno, quien se congeló en el puesto. Gian le dirigió la palabra, procurando calmarlo.

—Rufino, tranquilo; un disparo a esta altura es peligroso.

—No me hables de peligros, ustedes van a matarnos, a hacernos desaparecer sobre el mar.

—Le aseguro que no es así, Rufino —explicó con cierto temblor en la voz el jefe de la Policía—. Los llevábamos a la cárcel de La Palma, donde creíamos que estarían más seguros.

—¡No me digas, Moreno! Pues la bala que te tengo dedicada no la voy a detonar a menos que…

En ese instante se incorporó Sara y le habló a Rufino.

—Rufino, ten mucho cuidado, será mejor que exijas un aterrizaje inmediato, en una población donde haya autoridades a los que podamos denunciarlos.

El Cuervo hizo un gesto como intentando concentrarse, pero sin dejar de apuntar con el arma al jefe de la Policía.

—No me siento bien, pero tengo fuerzas para lo que sea necesario; Moreno, ordene que bajemos, ¡rápido! Y que sea en el poblado más próximo.

—Teniente —el jefe policial le hablaba al piloto—. ¿Cuál es la población más próxima para un aterrizaje de emergencia?

—Chimán, señor, a tres minutos de vuelo hacia la costa.

—Pues diríjase allá, de inmediato.

Se mantuvo un silencio tenso. Por un momento Rufino estuvo tentado de pedirle a Sara que desarmara a los guardias, pero eso le daría a Fernando Moreno la oportunidad para quitarse de encima la mira de su pistola. Prefirió mantenerlo bajo amenaza, mientras observaba por la cabina del helicóptero las luces del poblado a lo lejos.

En el momento en que el helicóptero daba una vuelta amplia para aproximarse a un terreno abierto a un costado del pueblo, uno de los soldados hizo un movimiento y Rufino le disparó. El fogonazo y el ruido aturdieron momentáneamente a todos; el uniformado se agarró el pecho y se inclinó sobre su asiento, tal vez muerto, mientras El Cuervo volvía a centrar a Moreno en su mira.

—Sea quien sea que se mueva, el próximo tiro es para ti, Moreno.

—Está loco, Rufino, de aquí no va a escapar.

En ese instante, al parecer por las prisas, el motor de cola del helicóptero rozó la copa de un árbol y la nave perdió estabilidad a medida que aterrizaba; sin embargo, el piloto logró controlarla y efectuó un brusco descenso.

Apenas tocaron tierra, los soldados saltaron de la nave y empuñaron sus armas, pero no contaban con que El Cuervo había tomado a Fernando Moreno por el cuello del uniforme y le apuntaba con su arma.

—Ordénales que se vayan, menos el piloto. Que él nos devuelva a la ciudad.

—¡Cómo se le ocurre! Tenemos un desperfecto grave.

—Si aterrizó, podrá volver a volar.

—Nos mataremos.

—Igual te mataré aquí si esta nave no se eleva de inmediato.

—Teniente, ¿podrá volar este helicóptero?

—Se trata de una cuestión de vida o muerte, señor, lo intentaré, pues creo que no hubo desperfectos graves en el motor —contestó el experimentado oficial.

—Procure llevarnos con vida a la capital, entonces.

El helicóptero se elevó con el piloto, el copiloto, Fernando Moreno, Gian Spinola, Sara Ortiz y Rufino. Ya en el aire, El Cuervo le pidió a Sara que esposara a Gian y a Moreno a una de las sillas, pero el jefe policial se opuso a la medida y se inició una discusión entre ellos. Rufino volvió a amenazarlo y este lo retó a que le disparara de una vez. Gian trataba de apaciguar los ánimos, cuando se escuchó la voz del piloto, gritándoles que se sujetaran, que tenía problemas con el aparato e iba a efectuar un aterrizaje de emergencia.

El helicóptero volaba bajo; a la luz de la luna llena que comenzaba a tomarse el cielo, se podía ver la cinta de playa brillando abajo, junto a la sombra de los manglares y el espejo de las desembocaduras de numerosos ríos. El choque parecía inminente, a pesar de los esfuerzos del piloto. Entonces, en una decisión motivada por la tensión, Fernando Moreno calculó que tenía una oportunidad en mil de salvar la vida si se lanzaba de la nave y, tras un grito ahogado, Rufino De León Bustamante lo vio desaparecer de delante del arma que sostenía.

—¡Agáchense, agáchense! —gritaba el piloto ante la inminencia del desastre.

Unos segundos después, las pencas de unos cocoteros azotaron las ventanas y el helicóptero se metió entre la tupida floresta de la playa, en medio de un horrible estruendo.

CAPÍTULO 7

Isabel de la Fuente caminaba de un lugar a otro de la habitación. Carmen y Antonio la miraban en silencio. Antonio no tenía la menor idea de qué estrategia seguir para enfrentar los acontecimientos. Sus mentes eran como un mar oscuro en medio de una noche de tormenta. «¿A quién acudimos?», preguntó Antonio en voz alta. Sara y Rufino, al parecer, se encontraban en manos de los gobernantes golpistas. Se sentía paranoico y no confiaba en casi nadie. Fernando Moreno había sobornado a muchos funcionarios y empresarios, llevando al país a la incertidumbre. Las personas intentaban sobrevivir en medio del caos y en esas circunstancias lo mejor era no arriesgarse.

—Isabel, detente, que me vas a enloquecer—dijo Carmen.

—No podemos quedarnos con los brazos cruzados. Ustedes no tienen idea del peligro que Sara y Rufino corren actualmente. Ese demonio es capaz de matarlos.

—No los subestimes, recuerda que Sara y Rufino no son unos improvisados. Ambos se han enfrentado a situaciones peores. Las dictaduras ya no tienen cabida en estos tiempos —terció Antonio.

—No solo me refiero a los golpistas, sino también a los que están detrás del poder. A los iluninatis, como Gian Spinola, asesor de Moreno.

—¿Y quién es ese? —preguntaron Carmen y Antonio a la vez.

—El enemigo más peligroso de Rufino.

—¿De veras? —preguntó Antonio.

—Así es.

Antonio Pascal se sentía abrumado, pues nunca creyó en esa historia de que El Cuervo estuviera involucrado con los iluninatis, pero también sabía que Isabel estuvo cerca del presidente y conocía sus secretos. Además, era una mujer coherente y reservada, pero no era el momento de creer en historias de terror.

En ese instante pararon la programación normal de la televisión, la que siempre mantenían encendida en espera de anuncios oficiales que, al menos, les dieran indicios de lo que sucedía. Un reportero informaba sobre la caída de un helicóptero en las selvas del este de la provincia de Panamá, cerca de Darién.

«Según moradores que han llamado a esta redacción, el helicóptero hizo anoche un aterrizaje de emergencia en Chimán, con un soldado herido de bala en el pecho, el que fue dejado allí junto a otros uniformados, pero luego retornó hacia la ciudad de Panamá; sin embargo, poco después se precipitó a tierra en la desembocadura del río Pasiga, según informaron pescadores del área. El copiloto, subteniente Pablo Aguilera, fue encontrado muerto en el sitio, mientras que el teniente Mario Alonso resultó con heridas de consideración; pero se recupera en el hospital de Chepo. Fuentes extraoficiales indican que en este vuelo también se encontraba el jefe de la Policía, comisionado en reserva, Fernando Moreno, el asesor presidencial, Gian Spinola y los expresidentes Sara Ortiz y Rufino De León Bustamante. Estos últimos están desaparecidos y no se conoce qué pudo haber pasado con ellos, aunque varias patrullas de la Policía Nacional y el Servicio Naval se encuentran en su búsqueda. En la presidencia y en la Policía se nos prometió un informe oficial, el cual no ha llegado aún a esta redacción. Espere más detalles en los próximos minutos.»

Isabel se sienta lentamente, con la mirada fija y los ojos en blanco, como si estuviera en trance. De repente, dice en voz baja:

—Están vivos.

—Y tú, ¿cómo lo sabes? —le pregunta Antonio, extrañado.

—Recuerda que ella es sensible para ciertas cosas —le explica Carmen.

Antonio mueve la cabeza de un lado a otro y levanta los hombros en señal de resignación. Carmen busca un vaso con agua y se la ofrece a Isabel, quien la toma en pequeños sorbos. Carmen le dice.

—Isabel, por favor, tranquilízate, estás pálida.

—Estoy sintiendo emociones fuertes y encontradas dentro de mí. No puedo explicar qué me pasa.

—Estás pálida, me preocupas.

—Sara me quiere hablar, lo sé.

—¡Eres supersticiosa, Isabel! —protesta Antonio desde un sillón, mientras hace varias llamadas por celular tratando de lograr respuestas.

—No, no soy supersticiosa, es que cuando el silencio clarea se escuchan oscuros presagios…

Carmen se persignó y le pidió que no fuera ave de mal augurio.

Sara cerró los ojos, mientras el helicóptero caía. Una sensación de vacío le oprimió el pecho y el estómago. El piloto logró estabilizar la nave por un breve instante, impidiendo que se estrellaran de frente contra los árboles; luego, el aparato cayó entre la espesa vegetación. La parte delantera quedó sembrada en el lodo de un estero, y la cabina, suspendida sobre el fango. Sara fue la única de la tripulación que no perdió la conciencia. Con dificultad salió de la nave y quedó metida hasta las rodillas en el espeso barro de la desembocadura del río. Tendido cerca de la puerta estaba Gian; le tomó el pulso: estaba vivo. Se desplazó hasta donde estaba Rufino, de cuya cabeza manaba sangre. El copiloto y el piloto se quejaban de agudos dolores. Sara lanzó agua al rostro de Rufino para que reaccionara. Él abrió los ojos y se incorporó, mientras preguntaba qué había sucedido.

—Caímos en la selva, Gian está inconsciente, los pilotos malheridos.

—Si se recuperan nos matarán, te lo aseguro.

—No lo dudo, debemos buscar ayuda.

—Eso será cuando amanezca, por ahora debemos alejarnos de aquí; ya deben estar buscándonos y si nos hallan en estas condiciones, no veremos el sol.

—No estamos lejos de la ciudad, ¿verdad?

—Lejísimos, Sara, por aquí esto es pura soledad, pero quizás haya alguna casa de pescadores, aunque también es terreno de narcotraficantes; por estas playas suelen dejar sus cargamentos. Hay que andar con cuidado. ¿A usted no le pasó nada?

—Golpes nada más, pero no tengo fracturas; ¿hacia dónde iremos?

—Lo paradójico de todo esto es que debemos escapar de los que vendrán a darnos ayuda. Ningún policía ahora mismo es digno de confianza, podrían ser gente de Moreno.

—A propósito, ¿se salvaría?

—Lo dudo mucho, íbamos alto y a mucha velocidad.

Le tocó el mismo destino que tenía reservado para nosotros. ¿Cómo ve a Gian?

—Está vivo, no parece tener golpes serios, solo está aturdido. En cambio, usted, tiene sangre en la frente.

—No es nada, una cortadura leve. A ese Gian debo darle un tiro.

—¡Ni se le ocurra! Dios nos está dando una oportunidad y debemos aprovecharla.

—Entonces, si es Dios el que nos da esa oportunidad, Gian Spinola es un obstáculo para nosotros, ¿no cree?

—No, él no hará nada en estas circunstancias, pero por si acaso, eche al río todas las armas que hay en el helicóptero.

—Bien, yo guardaré esta pistola. Debemos alejarnos de aquí, caminando por la playa, antes de que Gian recobre la conciencia, a menos que quiera esperar para darle los primeros auxilios.

—Soy humana, pero no idiota.

Rufino no habló más; no era necesario seguir discutiendo con la mujer que compartía su destino con el de él. Ya no eran enemigos. A pesar de todo, la admiraba, pues era capaz de sentir misericordia por uno de los verdugos que se prestó para liquidarlos. Tenía esa dualidad bondad-severidad sustentada en sus principios. Nunca olvidaría la expresión del rostro de Sara cuando regresó al país después de su rehabilitación e hizo sus primeras declaraciones. El periodista le preguntó si se incorporaría al PARLACEN. Ella en tono enérgico respondió que de ninguna manera formaría parte de un organismo que era refugio de los presidentes transgresores de la ley. Él lo consideró un eufemismo, porque le llamaba «guarida de los canallas», pero ella sí tuvo la valentía de rechazar ese beneficio.

Sara lo vio cojear y le extendió la mano. Rufino se apoyó en ella, levantó la mirada y le sonrió. «Nunca me imaginé cómo era la sonrisa de El Cuervo», pensó Sara. Caminaron con lentitud por la playa durante dos horas, hasta que calcularon que un helicóptero que divisase los restos del accidente no podría encontrarlos. Entonces se sentaron a tomar aliento en un tronco seco lanzado a la orilla del mar.

De madrugada ya, con los primeros rayos del sol, divisaron una choza.

—Mire, Rufino, allá a lo lejos hay una casita; se ve humo. Hay gente allí.

Caminaron veinte minutos más hasta llegar al rancho. Sara se adelantó y en el momento que iba a entrar, vio a Rufino pararse en seco.

—Sara, ¡cuidado!, no entre.

Ya era demasiado tarde. De la choza salieron dos hombres apuntándoles con un fusil. Otros cuatro salieron de los costados de la casucha, rodeándolos.

CAPÍTULO 8

Una gran tristeza se reflejaba en el rostro de Isabel. Carmen no se atrevió a hacer preguntas ni comentarios. Minutos después se acercó a Antonio y le dijo:

—¿Qué vamos a hacer? No podemos quedarnos de brazos cruzados.

—Estoy esperando la respuesta de un amigo que tiene fincas por ese sector y dos helicópteros; me prometió que va a prestarme uno para que vayamos a recorrer el área.

Isabel recorrió la habitación y se detuvo frente a ellos diciéndoles:

—¿No podemos ir por tierra? Contrataremos personas que conozcan la selva y buscaremos por los alrededores donde cayó el helicóptero.

—Iré contigo —dijo Carmen, mirando de reojo a Antonio.

—No, no, ustedes no comprenden. Esto no es una excursión al campo. Ese es un terreno, difícil. Yo he estado allí y sé que no es el mejor lugar para cualquiera. Un helicóptero es lo ideal. Esperemos un poco.

Rufino se acercó para interponerse entre Sara y los hombres armados, pero fue tarde, porque uno de los sujetos la jaló por los cabellos. Ella dio media vuelta y con el codo le golpeó el estómago. Eso hizo que el hombre la soltara. Pese a la difícil situación que atravesaban, a Rufino se le iluminó el rostro, recordando la escena donde Sara sufrió el atentado y las cámaras la filmaron disparándole al sicario que intentaba asesinarla. «Lo que no saben estos pendejos es que se están enfrentando a una fiera con apariencia de oveja», pensó Rufino.

—Nos salió ruda la doñita— dijo el hombre en tono burlón.

—Solo me defiendo —dijo Sara apretando los dientes.

—Sepa usted, señora, que otro intento como ese, y la mato sin consideración a sus canas —espetó el que parecía el jefe.

Era la primera vez que alguien la llamaba vieja, pensó Sara. Aunque en las actuales circunstancias eso carecía de importancia, pues para esos salvajes, cualquier mujer después de los cincuenta era considerada una vieja. Sara no respondió y rápidamente se hizo una idea de quiénes eran los sujetos con los que trataba. Rufino identificó al jefe y le preguntó si podía contratarlo para que los llevara al pueblo más cercano.

—Eso depende de cuánto estén dispuestos a pagar por nuestra colaboración.

—¿Colaboración? —preguntó Rufino extrañado.

—Así es, sin pago, están muertos.

—¿Cuánto nos cobras?

—Cinco mil dólares por cada uno.

—¿Cinco mil? No tenemos tanto dinero —dijo Rufino de inmediato.

—Entonces, ¿cuánto ofreces?

—Quinientos dólares por cada uno.

—Poquito. Lo menos que puedo cobrar es mil.

Rufino se quedó pensando. Debía dar la impresión de que hacía los cálculos. Sara se dio cuenta de que era mejor no intervenir y dejar que él resolviera ese asunto.

No le interesaba negociar con esos facinerosos. Después de una prolongada pausa, el jefe dijo impaciente:

—Pagas o se mueren en la selva.

—Está bien, en cuanto lleguemos al pueblo llamo a un amigo.

—Pagarás los dos mil.

—Trato hecho.

En menos de dos horas Antonio, Carmen e Isabel estaban en Chepo, abordando un helicóptero blanco y rojo que los llevaría al lugar del accidente. Antonio observó de soslayo a Isabel y pensó que era la mujer más bella que había conocido. ¡Cómo era posible que alguien como ella se hubiera enamorado de El Cuervo! Un amor capaz de arriesgarlo todo, incluso la vida. No lo entendía, pero ¿quién entiende a las mujeres?

Isabel le preguntó si hablaba con ella y él hizo un ademán para indicarle que no tenía importancia. Sin embargo, ella intuyó que se refería al riesgo que estaba asumiendo en esa descabellada misión.

Ha sido una noche y una mañana terribles, pensó Sara, quizás las peores que le había tocado vivir, porque cuando estuvo gravemente enferma, se encontraba inconsciente y no se enteró de nada. Recobró la conciencia justo en el momento preciso de impedir que Alberto la desconectara y la declararan clínicamente muerta.

Mientras los hombres se alejaban a buscar agua, Rufino se acercó a Sara y le pidió que cooperara.

—Déjeme negociar con ellos, recuerde que usted no es buena con los tratos.

Sara identificó la ironía, pero no le prestó mucha atención. Total, ya a esas alturas no guardaba ningún rencor hacia Rufino y, en cambio, le sonaba raro que no se tuteasen como amigos.

—Por favor, no los provoques, son gente peligrosa.

—¿Acaso son narcotraficantes colombianos?

—Me temo que sí. Como le dije, esta área es lugar de desembarco para la droga que envían por mar; estos deben ser vigías o custodios de alguna carga. Son gente a la que no le importa nada. Por eso les hice ver que somos gente humilde; la forma en que andamos vestidos, ayuda a eso. En caso de que pregunten, no les hables del helicóptero. Diles que andábamos en un auto que se nos quedó atascado entre el lodo de los manglares.

—Está bien, permaneceré tranquila, siempre y cuando no me falten el respeto.

—Si lo hacen, actuaré de inmediato. Logré ocultar la pistola antes de que nos apresaran, uno nunca sabe. Eso sí, esta gente no perdona que una mujer se les enfrente o les llame la atención. Lo consideran la peor ofensa.

Los hombres regresaron con varias botellas de agua y le entregaron una a cada uno, acompañada de un plátano asado con carne ahumada. Sara dudó en tomar aquello, pero el jefe, sonriendo, le dijo:

—Doñita, le aseguro que esta comida no está envenenada. Y no la desperdicie porque está escasa. Ustedes no valen nada estando muertos.

Sara probó un trago de agua. Estaba caliente, pero tenía tanta sed que se la bebió toda. Rufino preguntó si alguno de ellos sabía cuál era el camino más directo al pueblo. El jefe se apresuró a responder.

—Por el camino no se preocupe. Nosotros los llevaremos y nos aseguraremos de que paguen por el servicio. Mire, pues, usted, Puchito, vístase para que acompañe a los señores a la ciudad, y asegúrese de que le paguen por el servicio, quédese afuera con la señora, y no la entregue hasta que no vea los mil dólares por cada uno. ¿Me entendió?

—Sí, jefe —contestó «Puchito», quien tendría apenas unos quince años—. Pero ¿me permite decirle algo, señor?

—A ver, usted dirá…

—Que me parece que esta gente apenas salga al pueblo, comenzará a hablar mucho…

—Pues sí, mire, yo también lo estaba pensando, y ustedes, ¿qué dicen a eso?

—Nosotros salimos ayer en la tarde de la capital, para visitar estos lugares —explicó Rufino—. Sin embargo, el auto en que andábamos se quedó atascado por esos manglares; ¿qué nos interesa a nosotros con ir a denunciarlos a ustedes? Es más, con tanto problema en la ciudad, ¿a quién le interesa que ustedes anden o no anden por aquí? Lo que queremos es la colaboración para volver al pueblo.

—Caramba, pues; esto es como si cada uno de ustedes fuera un boleto de lotería premiado que llegó derechito a la choza de estos hambrientos. Pero tiene lógica, y así nos ganamos esa plática, muchacho, que mire que estamos cortos.

—Está bien, jefe, yo cumplo.

—Así me gusta. De todos modos, llévese su herramienta, por si acaso.

La herramienta era un revólver que se veía enorme en las manos del chiquillo descalzo, quien lo ocultó bajo la inmensa camisa que le cubría el desnutrido torso. Así comenzaron a caminar, primero bordeando los manglares, después a través de una hierba alta de sabana, hasta llegar a unos campos cultivados de arroz, donde se notaba la presencia de la gente, a lo lejos. Marchaban en silencio, apenas mirando alrededor, con la vista siempre fija en el suelo, donde podían estar ocultas serpientes o alimañas peligrosas. Después del mediodía, un helicóptero blanco y rojo los hizo buscar refugio bajo unos árboles. El muchacho sentía temor natural por esos aparatos, y Sara y Rufino creían que podía ser una patrulla de la Policía Nacional que los anduviera buscando.

Sara pedía que se detuvieran cada cierto tiempo, porque estaba exhausta; aprovechaban esos breves momentos para tomar aliento y beber agua; como a las tres, ya las botellas estaban vacías, a pesar de que las habían rellenado varias veces en los arroyos que encontraban en el camino. Sara descubrió el tranquilo remanso de una quebrada y pidió algunos minutos para lavarse el rostro y los brazos, que lucían sucios e inflamados por el sol y los mosquitos. Rufino comprendió y se hizo a un lado, no así Puchito, quien no perdía detalle de lo que hacía la mujer.

Sara se inclinó sobre la corriente y empezó su labor de aseo, aprovechando para beber algunos tragos frescos, que no tuvieran el sabor del plástico caliente de las botellas. En ese momento fue sorprendida por un violento tirón por la camisa que le propinó el muchacho, quien no conforme con eso, la empujó con fuerza hasta hacerla rodar por la hierba mojada de la orilla. Ella trató de defenderse como pudo del ataque y Rufino, quien escuchó el grito de protesta de su compañera, también acudió corriendo, mientras trataba, sin éxito, de sacar el arma que llevaba escondida bajo el pantalón.

Lo que vio lo dejó petrificado: sobre el lodo estaba tendida Sara, congelada por la impresión, igual que el muchacho, quien inclinaba su rostro tenso hacia el charco, mientras apuntaba su revólver al agua. Hasta ese momento fue que los dos políticos comprendieron de qué se trataba, al ver los ojos de un enorme caimán, apenas sobresaliendo sobre el filo del agua. En una mezcla de miedo, confusión y vergüenza, ninguno se atrevió a hacer comentarios sobre el suceso. Tampoco le dieron las gracias al narcotraficante.

Más adelante, simulando ser campesinos y con la advertencia de «Puchito» de que los tenía encañonados, se valieron de un camión de obreros que regresaba a Chepo y así llegaron al poblado poco antes de las seis de la tarde. Desde allí, mediante un teléfono público, Rufino De León llamó al celular de Isabel.

CAPÍTULO 9

Antonio Pascal le pidió al piloto que diera una nueva y más amplia vuelta alrededor del sitio donde estaban los restos del helicóptero. Por la hora y el combustible, era la última oportunidad que tendrían de localizar a Sara y a Rufino, si es que en verdad habían sobrevivido. Pero tampoco esta vez tuvieron éxito.

Pascal trataría de conseguir el helicóptero al día siguiente para una nueva búsqueda, pero las primeras horas siempre son críticas en la búsqueda de sobrevivientes; los que no se encuentran, ya no se encuentran.

Isabel sollozaba en silencio a medida que el helicóptero se alejaba del sitio; con discreción sacó de su cartera un papel estrujado y lo leyó.

«No te des por vencido ni aun vencido,
no te sientas esclavo ni aun esclavo;
trémulo de pavor, piénsate bravo,
y arremete feroz, ya malherido…»

No pudo continuar la lectura, apretó los puños y contrajo el rostro. Carmen le pasó el brazo por los hombros y le preguntó qué le pasaba.

—Nada, estaba leyendo este recuerdo de Rufino.

Carmen tomó el papel y lo leyó, luego la miró detenidamente, antes de decirle:

—Es un poema. ¿El Cuervo poeta? No me lo imagino. Perdona, Isabel.

—Él no lo escribió, por supuesto, aunque le gusta la poesía. Este es un poema de Almafuerte, un poeta argentino. Él siempre hacía alusión a estos versos. Ahora me hacen sentirme más cerca de él. ¿Sabes? Durante todo este vuelo he estado pensando en él, lo he sentido cerca, vivo, no puedo creer que haya muerto.

En esos momentos el helicóptero se posaba en el patio de la casa del amigo de Antonio, en las afueras de Chepo. Pronto oscurecería, pero ellos iban a permanecer esa noche en la hacienda para emprender la búsqueda por la mañana. Mientras caminaba hacia la casa, el teléfono de Isabel comenzó a repicar. Era un número desconocido. Ella contestó, con la voz quebrada por las emociones recientes, pero después de unos breves segundos, la calma fue partida en dos por un grito agudo de la mujer.

—¡¡Rufino!!

No podían creerlo, estaban a menos de un kilómetro de distancia unos de otros. Rufino les pidió que los buscaran en las afueras del pueblo, pero antes solicitó un favor especial: que llevaran dos mil dólares con ellos, que después les explicaba.

Entre todos recogieron el dinero, sin saber cuál era el propósito de la solicitud. Cuando llegaron al lugar, le entregaron la suma a Rufino, quien se encaminó hasta un sendero donde estaba una mujer y un niño. Entonces reconocieron a Sara al verla dándole las gracias a un chiquillo flaco y sin zapatos, del que habían sido rehenes por más de doce horas.

—Miren las vueltas que da la vida —explicó Rufino— esa es la dama del «No hay trato», cerrando uno bien extraño con un muchacho del que no sabemos si nos secuestró o nos salvó.

Mientras los demás celebraban la ocurrencia, Isabel se sentó al lado de Rufino en el auto en que iban de vuelta a la ciudad, lo abrazó con fuerza mirándolo a la cara y le preguntó cómo le había ido con Sara. El escaso cabello, el rostro tostado por el sol y amoratado por los golpes recibidos en el accidente, y las arrugas alrededor de los ojos hundidos, le hacían aparentar más edad de la que tenía. La cara de Rufino denotaba sufrimiento, tristeza, pero cuando empezó a hablar su expresión de pena se esfumó. Su semblante se iluminó con una sonrisa.

—Sara y yo estaremos unidos siempre a partir de hoy, cuando uno pone la vida sobre la misma balanza, los que la ponen contigo, son parte tuya. Todo es según el color del cristal con que se mire, Isabel. La lucha más feroz que he emprendido en la vida ha sido contra mi naturaleza oscura. Pero ya no deseo ser bueno, Isa, quiero ser mejor. Muchas personas son buenas únicamente por conveniencia, para no buscarse problemas. Te repito: no quiero ser ni bueno ni malo. Deseo colocarme en el centro y desde esa posición observar las luces y sombras de mi personalidad. Contemplar las alternativas con lucidez, y que la justicia, la dignidad, el honor y el amor determinen mi actuación. Confieso que al principio lo hice para merecerte; después, libre de egoísmos y apegos, sentí que mi alma se liberaba de un gran peso, pues cargaba mi maldad, mi resentimiento y el odio que endurecía cada día mi corazón. El espacio que antes ocupaban la soberbia y la maldad, creo que en adelante lo llenaré con otros sentimientos.

—Con amor, Rufino, especialmente con amor.

—Sí, con amor. Nunca pensé que pronunciaría esa palabra con tanto orgullo.

Rufino hizo una pausa, respiró profundo y descubrió en el bolsillo de la chaqueta de Isabel el poema de Almafuerte. Lo releyó con tristeza.

—Ese poema ha sido mi guía desde hace años, en los momentos de crisis, junto a otro, que era mi preferido:

> ¡Nunca quieras remediar entuertos!
> ¡Nunca sigas impulsos compasivos!
> ¡Ten los garfios del odio siempre activos,
> los ojos del juez siempre despiertos!
> ¡Y al echarte en la caja de los muertos,
> menosprecia los llantos de los vivos!
> —Terrible también, ¿verdad?

—Sí, pero ahora todo es diferente, ya no más esos sentimientos. He experimentado el despertar de mi conciencia, porque antes pensaba que no tenía principios y no es así. Lo que pasa es que estaban sepultados por el egoísmo, la avaricia y las ansias de poder. Cuando dejé de ser esclavo de mis pasiones, lo que no fue fácil, entonces despertó el héroe que todos llevamos dentro. Este se puso su armadura y comenzó a luchar contra su parte oscura. Ahora no es el guerrero de la oscuridad el que toma las decisiones, sino el guerrero de la luz, del discernimiento. Cuando encuentras la verdadera esencia de tu ser, se aclara el panorama, te lo digo yo, que lo he vivido. Siempre creí ser un hombre justo, aun cuando en realidad era un malvado, pues me faltaba la bondad y la templanza. En estas noches de prisión, de humillación, pude examinar mis actos para reflexionar. Tuve un encuentro con mi ser y a pesar de las pruebas y de la adversidad, sé que tengo la fuerza necesaria para enfrentar y vencer a mis demonios. Tengo la certeza de que he cambiado. Antes le temía a la soledad y jamás pensaba en nadie que no fuera yo. Gracias a este cambio puedo disfrutar de la paz, esa paz que es el retorno al paraíso perdido, donde no hay tristeza, donde canta mi corazón.

—Rufino, y encomiéndese a Dios, porque en ese lugar que usted describe es donde mora Él —agregó Sara, su antigua adversaria, quien escuchó el final de la confesión del presidente.

—Así es, Sara, en ese lugar está Dios.

EPÍLOGO

Fueron días de mucha incertidumbre los que siguieron a la reaparición en escena de Rufino De León Bustamante. En la Asamblea nacional hubo varios intentos de llevarlo a juicio, los que no se concretaron porque las facciones de Sara Ortiz y de Antonio Pascal, junto a varios independientes, se opusieron, impulsando, en cambio, la propuesta de que encausaran a los que formaron parte del golpe de Estado que se perpetró bajo las narices de todos.

Rufino retomó el mando de la nación, ordenando de inmediato la destitución de un crecido número de oficiales de la Fuerza pública, y la jubilación de muchos otros. Al frente de los cuerpos de seguridad colocó a oficiales de reconocida trayectoria, y restituyó al frente de la Policía Nacional a Amelia Díaz, quien estuvo detenida por órdenes de Fernando Moreno.

El presidente se comprometió a terminar su mandato garantizando unas elecciones limpias e imparciales, y pidió tanto al Ministerio Público como al Tribunal electoral que fueran celosos guardianes de la actuación de los funcionarios del gobierno. Por esos días contrajo matrimonio con Isabel de la Fuente.

Sara Ortiz, por esas cosas del destino, entabló amistad con Manuel Montero, el nombre adoptado por Gian Spinola para escabullirse de la venganza de Benedetto Mazzini, quien lo acusó por el descalabro de la operación Iluninatis en Panamá. Gian, antes de desaparecer, escribió un blog en el que los acusó de fomentar guerras para enriquecerse mediante la venta de armamento y contratos de reconstrucción, además de apropiarse de la materia prima del país invadido, siempre en búsqueda del maldito poder, creando un grupo privilegiado en el mundo de las finanzas para hacer negocios en las crisis, ya fuera creándolas o anticipándose a ellas.

Usando la identidad de Montero, regresó a Panamá, luego de tomar posesión de su heredad en la Rioja Alavesa, España, donde sus abuelos maternos cultivaban un viñedo junto a las tierras del Marqués de Riscal, y una mañana, mientras hacían ejercicio en el parque Omar, le propuso a Sara que se fueran juntos a España. Ella aceptó el trato, con la condición de que partieran luego de las inminentes elecciones. Gian, feliz por la decisión, la rodeó con sus brazos y ella se dejó besar. La cercanía de ese hombre despertaba en ella sensaciones adormecidas, inconfesadas hasta entonces, y una necesidad imperiosa de sentirse amada.

Desde la primera vez que la vio a la cara, en el helicóptero, Gian sintió la fuerza de esa mujer cautivadora, y más tarde se sorprendería ante la tibieza de su cuerpo y la capacidad que tenía para regalarle palabras tersas que le hacían cerrar los ojos y pensar en los infinitos horizontes marinos de Génova, o en los reconfortantes paisajes de La Rioja española. La abrazó y la besó más fuerte aún, sin importarle el paso apresurado y el asombro de la gente que también hacía ejercicios a esa hora. Solo besándola así podía convencerse de que Sara Ortiz sería, para siempre, la única mujer que iba a esperarlo en cada regreso a casa hasta el fin de los tiempos.

Sobre el paradero de Fernando Moreno no se llegó a saber mucho. Sin embargo, cuando la Policía hizo un reconocimiento del terreno en los alrededores de Chimán, en su busca, dieron con la cabaña de los narcos; pero allí solo encontraron a un chiquillo flaco, lleno de liendres y con hambre. No sabía de sus compañeros, solo dijo que se llamaba «Puchito», y juró que las botas enormes que cargaba, con unas ostentosas iniciales FM grabadas en rojo, no se las había robado a nadie, sino que «se las había regalado el caimán».

El país en general se fue enterando poco a poco por los medios de comunicación sobre cada uno de los detalles de aquella oscura asonada para tomarse el poder, y llegaron a una conclusión general: que todos estaban tan inmersos en rencillas políticas, en asuntos de poca importancia, o en la indiferencia general, que no se dieron cuenta de que había una conspiración masiva para tomarse el poder y hacer retornar al país a épocas que se creían superadas.

De algo valió la experiencia, sentenciaron algunos pensadores, porque otra vez se retomó el interés en fortalecer el sistema democrático y los valores nacionales, cerrándole las puertas, en el futuro inmediato, a un nuevo retorno de los bárbaros.

OBRAS PUBLICADAS

Caminos y encuentros

Y era lo que nadie creía

Travesías mágicas

La noche oscura

La cárcel de temor

Roberto por el buen camino

La raíz de la hoguera

Los ángeles del olvido

No hay Trato

Mujeres en fuga

Agenda para el desastre

Niña bella

El retorno de los bárbaros

El crepitar de la Hoguera

Diagnóstico: N. P. I.

Los misterios del olvido

El arcoíris sobre el pantano

El poder desenmascara

Un grito desde el silencio/ el oscuro abismo del bullying

El murmullo de la sombra

Vida de compromiso

La noche no dura para siempre

Se presume culpable

Veinte años Después

La burbuja invisible

Solo en la noche se observan las estrellas

¿Qué vamos a hacer después de lo que nos hicieron?

En el umbral del olvido

www.ingramcontent.com/pod-product-compliance
Lightning Source LLC
Chambersburg PA
CBHW021426200626
46814CB00015B/1586